Départ de feu

À Nathalie, qui sait pourquoi

À ma génération

« Ce que je raconte est l'histoire
des deux siècles prochains.
Je décris ce qui vient,
ce qui ne peut plus venir d'une autre manière :
l'avènement du nihilisme. »

Friedrich Nietzsche,
Fragments posthumes,
automne 1887-mars 1888

Préambule

En 1882, le philosophe allemand Friedrich Nietzsche annonce la mort de Dieu. Il suggère que les valeurs chrétiennes sont arrivées au terme de leur rayonnement et que tout est à réinventer. Il estime à deux siècles le temps nécessaire pour y parvenir.

Si mes calculs sont bons et l'espérance de vie stable, cela signifie que ma génération sera la première, aux alentours de 2080, à connaître ce « nouveau monde » que Friedrich Nietzsche appelle le *surhumain*. Un monde qui aura fait émerger du néant de nouvelles valeurs rendant possible la poursuite d'un idéal supérieur d'épanouissement et de bien-être.

Aujourd'hui, cette génération a environ trente ans. L'âge que donne Nietzsche à son prophète Zarathoustra lorsqu'il s'en va dans les montagnes pour devenir un sage. On l'appelle aussi la « génération Y » – *why generation* –, ou Z, ou autre, et elle est en quête. Une quête de sens acharnée, foisonnante, confuse et souvent maladroite. Le roman qui suit est l'histoire de cette quête.

Cette histoire est inspirée de faits irréels.

1

Ah ! Mille flammes, un feu, la lumière,
Une ombre !
Le soleil me suit.

Paul Eluard

On est genre une centaine, chill. Ça discute en franglais, s'esclaffe, boit ; on entend surtout converser de vacances et de festivals. Ça paraît logique, fluide, franchement normal. Et le soleil sur le Léman est comme un fruit fondant.

Ici, les filles sont délicieuses et les garçons bien nés. Ça swipe à tout-va, prend des selfies, et on voit quelques livres de développement personnel ouverts sur les serviettes de bain. Nos corps tatoués et suintants garnissent le bord du lac. Pour se mettre à l'eau, on descend en titubant par les grosses pierres aiguisées qui forment un escalier aventureux.

Le bar de la Jetée de la Compagnie sert des bières artisanales, du guacamole de brocoli et un tartare de féra au yuzu. Regardez-nous, couchés sur le deck, comme on est à notre aise. Comme la trentaine nous va bien. La longue journée engloutie dans les bureaux des multinationales, il reste la soirée à égrener délicatement : verre à la main, soleil horizontal, golden hour, mélodies estivales, épisodes galants, badinage.

J'en suis. En plein dedans. Voyez, tenez, ceci est mon univers. Ici mon espace, là-bas la matière dont je suis fait, autour de moi mes semblables, mon petit système. La Jetée est une fête, une friandise. Lausanne est ma ville, mon atmosphère.

🔔 jonmonnard vous invite à aimer Georgio

Maintenant que le soleil descend derrière la bosse bleutée du bout du lac, il faut se retirer. C'est mardi, il est peut-être 21 heures et je pars avec tous les autres clandestins qui connaissent le tempo, qui savent s'éclipser avant la lune. Tout ce beau monde se lève tôt demain matin.

Le bus me dépose sous-gare dans la quiétude de ce quartier qui est le mien. Les boutiques bio en vrac s'éteignent avec leurs bocaux de noisettes, d'amandes, de fruits secs et de graines en tout genre. C'est l'heure bleue, l'heure libre, une permission entre le bureau et la chambre à coucher, l'occasion de vivre un peu. On rit dans les restaurants et les bars, commande un dernier spritz, refuse d'admettre que le mois d'août est terminé et que les jours raccourcissent.

🔔 Rappel : vérifier bulles levain et préparer pain – aujourd'hui à 21:00

Dans le ciel encore clair, une colonne de feu et de fumée grimpe en cannelures phosphorescentes. C'est sur ma droite, derrière le café de Grancy. Pas loin de chez moi. On dirait un incendie. C'est sûrement un moribond qui a joué avec des bougies. Sinon, l'embrasement spontané d'un vieil immeuble excédé, un de ces tas de pierre las d'être planté là, face au lac, secoué par les trains qui labourent la ville pour relier Genève ou Zurich. J'me dis que c'est là-bas, au quatorze ou au seize.

Au coin de la rue, des chats traversent la route comme des fuyards. Ça me fume, dans une ville si bien rangée, les chats sont les derniers sauvages, les rares surprises.

🔔 lausanneandfood a mentionné votre nom dans un commentaire : @czar.pasqua Oh oui miam, jamais déçues par les tartines du Pointu ! xoxo

J'avance ce qu'il faut en direction des flammes, des lueurs bleues et rouges qui tournoient dans la fumée, et vois que c'est chez moi que ça crame, en fait ! Ouah ! L'immeuble est en feu ! De bas en haut, tout est si rouge et brûlant qu'on croirait que le soleil s'est couché juste là. Je m'approche pour mieux y voir et des flics me coupent la route en courant. Des bonshommes casqués grimpent sur un camion et une grande échelle pour s'enfoncer dans la fumée noire. Au premier étage, mon appartement grille dans un brasier acharné. Il y a comme des coups de tonnerre dans le ciel, des éclats étranges. Ça me fout un tournis monstre.

Dans mon corps quelque chose s'active, une urgence, une panique. Comme s'il fallait que j'intervienne. Mes muscles envoient des signaux à mon cerveau. Ou l'inverse. Entropie, thermodynamique, mécanique des fluides, c'est le bordel.

Je crois que j'ai peur. Je voudrais retourner à la Jetée, retrouver collègues et mirages, revenir en arrière, rembobiner. Je voudrais re, une deuxième chance, pomme Z ; reprendre une IPA, figer le soleil sur l'horizon orangé, pousser le son et m'évanouir les pieds dans le lac, tranquille.

Au lieu de ça, le tempo change : double-croche, *staccato*, *fortissimo*, *prestissimo*. Il y a tout un monde au pied de l'immeuble, des tronches effarées que les gyrophares balayent d'un bleu sévère. Il y a tout un boucan aussi, un tintamarre métallique qui se mêle aux bruits de l'eau qui gicle contre les façades et retombe par grosses baffes tièdes sur les voitures parquées dans la ruelle. Une femme court avec son chien dans les bras en pleurant : de l'eau, de l'eau. Je la regarde, elle me regarde, puis elle repart plus loin. Des gosses en trottinette s'arrêtent pour filmer, d'autres partent en courant. J'ai tellement chaud.

Ne restez pas là ! me fait un premier flic. C'est chez moi, je vis au premier étage, j'réponds. Et je tousse, crache, l'air brûlant descend avec la suie au fond de mes poumons. Et quelles odeurs, pouah ! Ça ne sent pas le feu de bois, non, c'est autre chose, un panachage abject de plastique en fusion et de chimie en crépitation, un empoisonnement à ciel ouvert. Le flic me repousse derrière une banderole rouge et blanche et les sirènes reprennent leurs ciclées.

🔔 90 décibels : une exposition d'environ 30 minutes à ce niveau peut causer une perte d'audition temporaire. La limite hebdomadaire à ce niveau est de 4 heures

Arrive alors un pompier essoufflé et pas trop serein qui me canarde de questions. Il a la tronche grise, ou noire, comme couverte de suie. Et je crois qu'il tremble, qu'il flippe. Vous habitez là ? C'est où chez vous ? Où exactement ? il me demande, en suffoquant un peu. Premier étage, je dis. Son anxiété me force à réaliser que l'immeuble brûle et avec lui tout mon matos, mes bricoles, mes souvenirs, mes projets, bref, mes béquilles pour cette vie.

Je suis sur le point de me mettre à chialer quand il reprend : Vous êtes combien au premier ? Euh, je réfléchis mais n'en sais rien, c'est pas le genre de chose qui m'intéresse, généralement. Comme je mets un peu de temps à répondre, il répète : Il y a combien d'habitants à votre étage ?

— J'sais pas.

— Comment ça, vous ne savez pas ? et là il relève sa visière enfumée et donne dans l'autoritaire : je vous demande combien vous avez de voisins ! Je me dandine un peu et regarde ailleurs. Et la chaleur me sèche la tronche, ma vue se trouble, je crois que mes yeux sont en train de fondre.

— Il y a combien d'appartements ? il simplifie. Je me concentre sur lui, son visage. Il doit avoir quarante ans environ, peut-être trois enfants, une tronche de père, un air assez digne.

— Y a deux appartements, je crois…

— Deux en plus du vôtre ? il veut savoir.

— Non, le mien et un autre… en tout cas, il y a une porte dans le couloir.

Il éteint sa radio qui bourdonne pour le rappeler aux flammes et se rapproche de moi. Je vois ses dents blanches sous ses lèvres noires. Il me fixe. Peut-être qu'il me trouve intéressant, que quelque chose chez moi l'intrigue éperdument. Et puis : Vous habitez là depuis combien de temps ?

— Cinq ans.

— Et vous ne savez pas qui sont vos voisins ?!

Là, je ne sais pas tant si c'est la bière de la Jetée, l'air brûlant qui avale ma tronche, ce sale regard qu'il me lance ou l'absurdité de ce bloc de béton en feu qui me fait flancher, mais j'ai envie de brailler, de geindre, de me lamenter. Je veux qu'on me libère de ce préteur et de son air de mec responsable et courageux. J'aimerais juste rentrer chez moi, que ce feu s'éteigne. Est-ce que quelqu'un peut étouffer ce feu, s'il vous plaît ? Qui s'en charge ? Combien de temps ça va prendre ?

Reculez ! il me dit, et je sens sa main lourde et gantée sur ma poitrine. Je vais m'asseoir un peu plus loin, sur un muret. Depuis là, dans ce four percé, entre les flammes et un vent un peu timide, j'observe. Il y a des gosses, des jeunes, des chiens, des grands-mères, tout un tas de gens étranges qui errent dans la ruelle et qui sanglotent, téléphonent ou s'enlacent. Je fais quelques stories et deux ou trois mémos vocaux.

🔔 Souhaitez un joyeux anniversaire à Paul Victorian (hier)

Le temps passe et je ne compte plus le nombre de pompiers qui montent sur l'échelle et s'engouffrent au premier étage. Autour de moi certains demandent s'il y a des morts, d'où c'est parti, si les médias sont déjà venus. C'est un gros bordel mais je me dis que c'est normal, qu'on n'a pas l'habitude de vider un bâtiment, de jeter une cinquantaine d'habitants sur le trottoir. C'est qu'on est mieux entre quatre murs, on s'y tient tranquille, serein. Dehors, comme ça, on devient vite un peu bruyant et dérangeant. Disons qu'on se fait davantage remarquer.

Surtout cette famille : leur bébé dort sur un matelas à même le sol, et eux gesticulent entre des piles de vêtements, de tiroirs et de sacs en plastique. Leur bazar est sauf mais on croirait leur monde en train de s'effondrer.

Un gosse passe par là, me pointe du doigt et demande au type en peignoir qui le tient par la main : c'est lui le voisin que tu aimes pas ? Papa, c'est lui ? Le père me regarde, une peluche et son laptop sous le bras.

— Non Didi, j'ai jamais dit ça, il répond.

— Oui, tu dis qu'il t'énerve, continue le gosse.

— Didi, s'il te plaît ! le père chuchote.

— Bonsoir, vous allez bien ? je dis, en m'éloignant.

Et je les entends continuer : on ne dit pas ça en face des gens, Didi… Je recule encore. Le gosse me pointe toujours de son petit doigt mouillé. Bon. Je crois qu'ils vivent au-dessus, que c'est ce môme qui, tous les matins, fait rebondir une bille sur le carrelage de la cuisine. Sa petite gueule m'exaspère. Range ton putain de doigt mouillé. Allez, range-le ! Connerie de gosse.

🔔 Il est l'heure d'aller vous coucher. Votre méditation « Observation de ses pensées » va bientôt commencer

Je m'éloigne un peu pour penser à autre chose. Le ciel est tout rempli de cendres, maintenant, quelques braises rougissent au loin. Et on commence à distinguer l'immeuble noir derrière la fumée. Les explosions ont cessé, on entend l'eau remplir les grilles et les bouches d'égout. Elle vient de mon premier étage qui la vomit par ses balcons, glisse le long de la façade et coule entre mes pieds, sale et pleine de bulles.

🔔 beaugaragevevey vous invite à l'événement Vide-grenier du 12 septembre à la Samvaz

Doucement, la fatigue nous gagne tous. Des sirènes aux feux bleus, tout s'essouffle délicatement. Même les tuyaux fantastiques s'épuisent à cracher si haut, et les camions s'endorment, engourdis.

Je ne pense pas à grand-chose. Je ne suis pas vide non plus. Je suis entre deux, à moitié, intercalé, mal fichu. Je me dispute mon diagnostic. Je suis effaré, je crois.

Un flic vient à moi : je dois aller dormir à l'hôtel, ils prendront de mes nouvelles demain.

Félicitez Rodolphe Tribolet pour son nouveau poste de chroniqueur « Mode golf » à Marie-Claire

©amille, Vincenzo Salvia et 3 autres personnes ont réagi à votre story

Des membres réagissent au post de Yann Pierson : How Limula Biotech is revolutionning the fight against cancer

2

Si nous voulions,
à l'aide d'un mensonge excusé
par l'honneur et dicté par l'humanité,
sauver un citoyen malheureux, il serait
atroce, dans une telle circonstance,
de réfuter et de détruire notre mensonge.

Cicéron, *Plaidoyer pour Q. Ligarius*

Courte nuit, lit simple, sueurs, fringale, tâtons, migraine : au réveil, la chambre d'hôtel est encore tremblante de tous mes retournements. Comment ça prend, un feu ? D'où ça part ? C'est pas possible que tout ait cramé, quand même ?

🔔 Baber de la Coulemelle vous invite à aimer Vaporwave music – 猫 シ Corp. --- Luxury's Fortune

Sur le chemin du travail, je fais un détour et c'est irréfutable, il ne reste rien. Une masse informe fume encore, toussote, recrache des tourbillons de suie, on ne reconnaît rien. Rien de semblable non plus dans la rue qui est barrée de larges traînées noires, et pleine de gens aux airs curieux et indiscrets. Je suis à poil ; je veux dire hors sujet, dégingandé, à contretemps.

Mais peu importe, le kick-off meeting est à 9 h 30 et je ne peux pas le manquer. Je saute dans le métro direction Ouchy, bord du lac, eau claire, canards, cygnes. Philip Morris scintille dans sa parure de vitrage gris, bienvenue à la maison. Ici, rien n'a changé, mon badge fonctionne, mon ordinateur s'allume, la machine à café rutile.

✉ Vous avez 27 mails non lus

Dans l'open space, je connais le prénom de tous mes voisins. La team marketing est une grande famille, et le community management, une fratrie. Lola vient tout de suite vers moi, elle a vu ma story Instagram la veille et s'est inquiétée, elle me tend un cappuccino Starbucks.

Les autres sont aussi au courant, même Jordan, le team leader, qui me convoque pour un feedback. Il commence par notre slogan : no problem, only solutions, et me dit que toute la team est là, que la force d'une équipe se mesure dans les moments difficiles, que si on chute sept fois, il faut juste être capable de se relever huit fois. Je fais le calcul et estime qu'il suffirait de se relever sept fois de sept chutes, et non huit, mais garde ça pour moi. *Be corporate, be kind.*

Il me donne le code de conduite de PMI, rappelle nos valeurs d'entreprise : honnêteté, respect, équité. C'est notre bible à nous. Tout part de là et tout s'arrête là. Valeurs, éthique, pratiques, croyances, la maison (on ne dit plus entreprise depuis 2018) a tout prévu, ses coopérateurs (on ne dit plus employés depuis 2018) et ses leaders (on ne dit plus managers depuis 2020) sont bien entourés. J'en suis, je connais la chanson, la courbure de l'horizon.

Je lui dis que tout va bien, que personne n'est mort, que je garde la *positive attitude*. Il kiffe et me demande si je peux toujours assurer l'animation des communautés Marlboro sur Facebook, LinkedIn, Twitter, Snapchat, TikTok et Instagram. Il revient sur notre campagne TV IQOS à l'international et demande mon engagement total pour défendre la cigarette électronique. Je le rassure et il me libère pour l'après-midi : je dois me réorganiser, racheter l'essentiel de ce qui a brûlé.

🔔 lesouffledesmots, mademoisellelit, livraisondemots et margaudliseuse vous invitent à l'événement #bookstagram : et si on écrivait tou.te.s notre roman ?

L'Apple Store est à Genève, une petite heure de train depuis Lausanne. J'essaie de m'endormir, renverse mon esprit sur les rives du lac, me tire une droite le long des rails et monte vers le ciel, m'emmêle, plane, vrille et retombe, pilotage automatique. Micro-sieste, turbo-sommeil, méditation, pleine conscience, je connais tout ça, j'ai suivi les ateliers avec les collègues. L'essentiel est de se laisser aller, de faire le vide, et alors en vingt minutes on récupère deux heures de sommeil. Quand j'arrive à Genève, j'ai repris des forces.

Le vendeur me rassure : toutes mes données sont dans le cloud, rien n'est perdu. Va bien, je prends un MacBook Pro 15 pouces avec le Apple Care et deux chargeurs. Story du jet d'eau de Genève, flat white au Starbucks, je revis. *Back to life.*

Puis je reçois le fameux appel des flics. Ils veulent me voir en fin d'après-midi, c'est important. Dans le train du retour, j'essaie de remettre ça avec la sieste, mais cette fois-ci les angoisses dominent. Et si j'y étais pour quelque chose, dans l'incendie ? J'ai comme une envie de ne jamais retourner à Lausanne.

🔔 IQOS a 12 nouveaux commentaires et 17 nouvelles activités

Le flic est très solennel, un peu tristounet, peut-être au bout du rouleau. Il commence par une partie officielle très chiante, un laïus sur les immeubles du siècle dernier, les fils électriques, les bougies, la responsabilité individuelle, tout ça. Puis il me confie que rien ne sera récupérable dans mon appartement. Sans déconner ?

Selon eux, le feu est parti du premier étage et puis s'est propagé *via* la cage d'escalier qui a fonctionné comme une sorte de cheminée géante. Et une partie du premier et du deuxième étage s'est effondrée. L'enquête devra déterminer ce qui a déclenché les flammes.

— C'est peut-être un fer à repasser, il dit.

— Ah bon.

— Vous faites du repassage ?

— Très peu.

Et je repense à la chemise blanche que je porte, la 3 – je les ai numérotées –, que je me souviens avoir repassée hier matin. Ou avant-hier ? Je ne sais plus.

Il ajoute que, selon les témoignages des proches, il y aurait une victime.

— Une vieille dame au premier étage est portée disparue : Lory Wagner. Votre voisine… j'imagine le choc, il s'épanche, avec une pesanteur dingue. Je suis sincèrement désolé, il en rajoute.

Je le regarde et acquiesce, mais cette Mme Wagner, j'ignore qui elle est. Je ne l'ai jamais vue.

— Durant toutes ces années, vous avez forcément tissé un lien particulier avec elle… est-ce qu'on peut faire quelque chose pour vous ?… Vous souhaitez appeler quelqu'un ? qu'il continue, embarrassé.

— Non, ça va.

Puis il me demande s'il peut encore solliciter un peu de mon temps. J'accepte, forcément.

— Sa famille est là, elle souhaite vous parler… Ils vivent à Zurich et la voyaient rarement. Ce sont eux qui ont annoncé sa disparition. Ils voudraient rencontrer tous les voisins. Est-ce que vous pourriez leur dire ce que vous savez d'elle ?

— Oh pas grand-chose, vous savez… Disons que…

— Ils sont juste là, il m'interrompt, dans la salle d'à côté. Si ça ne vous dérange pas…

— Non, non, je fais.

C'est un couple avec un enfant. Lui a l'air franchement emprunté, elle est en larmes. La gosse est la première à parler :

— C'est toi qui connais Grami ?

— Euh, oui, c'est moi, mais...

— Excusez-nous, monsieur, reprend la mère, on voudrait simplement savoir comment vivait Lory, vous comprenez ? On cherche quelqu'un qui l'a connue, qui pourrait témoigner... J'habite à Zurich, enfin, c'est Max qui travaille là-bas, et la petite a commencé l'école, je ne pouvais pas venir visiter Maman souvent... (elle sanglote).

— Il paraît que le feu est parti du premier étage, vous avez une idée de ce qui a pu se passer ? enchaîne le père.

Ah l'embrouille ! Il faut que je leur dise que je n'en sais rien. Que je leur explique que je ne la connais pas, que j'ignore tout à fait qui est cette Grami, cette Mme Wagner. Je dois avouer, m'excuser et m'éclipser. Feinte de corps, zigzag, cliques, claques et révérence : épilogue égoïste, sauve qui peut.

Mais dans leurs yeux brillants je vois bien que c'est impossible, intenable, irréel. Je suis manifestement le voisin de cette Grami et il me semble que j'ai, pour eux, une vraie tronche de proche, un air familier, quelque chose qui évoque l'intimité. Merde alors. Leurs faces traversées de larmes imposent une certaine compassion, au moins des efforts. Et le flic, qui prend des notes au fond de la pièce, m'invite à la miséricorde en fichant son regard lourd et mouillé dans le mien.

C'était une femme exceptionnelle ! je lance, sans trop prendre de risques. Et là le visage de la mère s'illumine et s'adoucit, elle incline la tête et me sourit avec une tendresse inouïe. Sa bouche fait une lune, ses yeux tombent sur ses joues comme deux amandes effilées, son masque se dissipe. Je ne dis rien de plus mais ressens qu'elle est prête à avaliser chaque mot que je dirai depuis cet instant. Sa nuque a déjà commencé à m'approuver, d'ailleurs, sa tête monte puis descend lentement comme pour aspirer mes prochaines confessions.

— Vous la voyiez souvent ? me demande le père.

— Presque tous les jours.

— Alors, c'est toi le copain de Grami ? enchaîne la gosse en serrant sa peluche contre elle.

— Oui chérie, je crois que c'est lui ! promet la mère avec un enthousiasme lumineux.

C'est chaud, là, toute cette émotion me tient collé près d'eux. Trop de pathos, impossible de disparaître, de faire faux bond. Alors j'embraye :

— Nous étions proches, oui.

— Oh ! ça me touche tellement.

— Hmm.

— Vous pouvez nous parler d'elle ?

— Bien sûr.

— Vous comprenez, c'est important pour nous de savoir que Maman n'était pas seule, blabla.

Oui, je comprends bien, c'est très clair merci. Comment faire autrement ? Vous me brandissez votre détresse sans la moindre pudeur, tellement nécessiteux, presque hypnotisants. Sans déconner.

Alors je passe en pilote automatique. Ce n'est plus moi qui parle, c'est la voix off ; je leur raconte l'histoire qu'ils veulent entendre. *Feel good story* – adaptez sans cesse l'offre à la demande –, réflexe, déformation professionnelle. Il n'y a pas de problème, que des solutions.

Après vingt minutes, je suis le meilleur ami de Grami qui était encore très active, épanouie, heureuse, resplendissante, même… On allait marcher tous les deux, bien sûr… Oui, j'étais au courant de ses douleurs dans la hanche mais ça n'empêchait aucune promenade… Je cuisinais pour elle, faisais ses courses… On s'était vus la veille de l'incendie… On est même allés au restaurant quelques fois… Grami était fière, ah, si fière de sa famille ! Elle en parlait avec tant d'admiration… Il n'y a pas de problème.

Enfin, bref, ces trois malheureux avaient besoin d'être rassurés, déculpabilisés, endormis. Et moi peut-être aussi.

✉ Vous avez 54 mails non lus

🔔 Patrick Favre vous invite à aimer la page CFF

🔔 Maïc, Nicolas et Irène vous invitent à Cours approche et petit jeu au golf club de Montreux

3

On peut dire que tout ce que nous savons,
c'est-à-dire tout ce que nous pouvons,
a fini par s'opposer
à ce que nous sommes.

Paul Valéry, *Le Bilan de l'intelligence*

De retour dans la chambre d'hôtel, pas le temps de démarrer mon nouvel ordinateur que j'ai déjà deux WhatsApp de la famille Wagner pour me demander d'être présent à la cérémonie funéraire. Ils sont tellement soulagés, apaisés, libérés, consolés de m'avoir rencontré, c'est un festival de synonymes.

Alors moi, pendant la mise à jour *iOS 15*, je fais l'inventaire. Je cherche une image, un témoin, quelque chose dans ma mémoire au sujet de Grami. Je me repasse les milliers de silences gênants dans l'entrée, les semonces nocturnes, les grands chambardements, les expéditions punitives, les noms sur les boîtes aux lettres, les tribulations matinales, les portes dans le couloir du premier étage… rien ! Aucune trace de cette Grami. Un putain de fantôme.

Mon MacBook redémarre, mise à jour, iCloud est une invention de génie : photos, musique, documents, souvenirs, tout est là.

🔔 Run – une personne plus active que vous court en ce moment : sortez de chez vous !

À minuit, je n'ai toujours pas répondu à la proposition concernant la cérémonie funéraire. Un malaise, quelque chose d'un peu sournois, s'est glissé entre les Wagner et moi. Rien de grave, je pense avoir bien fait, un *happy ending* est toujours la meilleure solution. C'est juste que je n'arrive pas à trouver les mots pour refuser leur invitation.

🔔 Jean Hegland, Michaela Vieser, Boris Tilquin, Isaac Yuen, Frank SMITH et Ryan Ireland vous invitent à rejoindre le groupe WOLFPACK

Finalement, je botte en touche et leur demande un petit temps de réflexion. Ça passe. Ils me font suivre une photographie de Grami, en souvenir. J'ausculte, essaie de réanimer ma mémoire. Grami est debout dans le couloir de notre immeuble devant une porte entrouverte, elle rit et fait un signe de la main. Je n'ai jamais rencontré ce visage, je le jure. Et cette porte dans le couloir, j'ai toujours pensé qu'il s'agissait d'une armoire électrique.

Je n'arrive pas à comprendre comment cette femme a pu vivre toutes ces années derrière le mur de ma chambre sans que je le sache. Elle dormait à un mètre de moi, peut-être deux. On avait la même vue sur la ville, respirait le même air, entendait les mêmes jérémiades, endurait le même raffut. Elle aussi supportait les leçons de violon de la gamine d'en dessous, les lamentations du chien délaissé d'à côté, les empoignades des deux hystériques d'au-dessus. On était repus de la même fanfare dans le même manège mais installés sur nos petits chevaux chacun à son extrémité. Sans jamais se voir. Tourne, gentil manège, et surtout ne laisse pas à tes passagers l'occasion de se rencontrer.

Je m'y remets, fouille, force mes méninges… Non, rien. Non, franchement, je promets que son visage m'est absolument étranger. Que j'ignore tout d'elle, qu'elle aurait été en plâtre, en cuivre, statue, poussière, mirage, fantôme, aucune différence. Pour moi, c'est simple : cette Grami n'a jamais existé.

✉ Vous avez 84 mails non lus

Les heures passent, je me plie, déplie, tourne et retourne dans ce petit lit débile. Dur de trouver un peu de quiétude. Je vois Grami, derrière les murs de mon appartement, suffocante et tambourinant pour qu'on l'entende, qu'on vienne la chercher. Pauvre vieille. Et j'imagine ce putain de fer à repasser qui s'embrase. Je suis pourtant convaincu de l'avoir débranché. Ça me tue, là, ces angoisses.

🔔 Votre paiement de 50 euros à XLove.com a été traité avec succès

À la sonnerie du timer, je suis toujours éveillé. J'erre d'une relique à l'autre, bien perturbé. Cette affaire de voisine m'a tenu très occupé toute la nuit, impossible de me faire à l'idée. Je veux dire, je ne suis vraiment pas parvenu à me faire à elle, à m'enrouler autour d'elle, à faire corps avec, à l'enrober de telle manière qu'elle s'intègre en moi, cette idée. Non, je suis resté face à elle dans un tête-à-tête insurmontable. Je me dis : j'aurais dû le sentir, ce fantôme, d'une manière ou d'une autre, percevoir sa présence, avoir une forme de conscience de lui. Peut-on vraiment vivre à côté de quelqu'un sans jamais s'en rendre compte ? Le corps humain permet-il cela ? C'est grave, sérieux. C'est n'importe quoi.

🔔 Valentine et Marie aiment le post de Jonas Christe qui mentionne votre nom

Le vendredi, on commence la journée par une séance de cohésion d'équipe sur le thème *Happy at work : et si vous étiez VRAIMENT heureux au travail ?* Un test nous dit notre couleur de personnalité. Je suis jaune-rouge. Pas orange, jaune-rouge. Lola est verte. Ross est bleu-jaune, transitionnel. Les autres, je ne m'en souviens plus. On nous place sur une roue dessinée sur le sol et chacun doit exprimer ses besoins aux autres. Vous l'auriez repérée, vous, cette voisine ? Ou c'est un truc de jaune-rouge ? Voilà ce que j'ai envie d'exprimer.

À la place, on parle de communication non violente, d'introversion et d'extraversion. Apparemment, j'ai besoin de défis, d'objectifs ambitieux, je me pose souvent des questions inutiles, suis agréable, parfois un peu désorganisé mais créatif. Et Lola a besoin de douceur et d'écoute, mais ça, on le savait déjà. Et Ross, je ne sais plus, je crois qu'il a juste besoin qu'on fasse davantage attention à lui.

À midi, on mange ensemble et on parle de digestion. Vers trente ans, c'est un topic majeur. Apparemment, le gluten est le nouvel ennemi. Chacun mange des graines de chia, teste l'*intermittent fasting* et fait des détox avec du jus de citron pour éviter les maux de ventre. La vie passe, et avec elle les pauses de midi. Mes angoisses, par contre, restent.

🔔 MuKi_Tailleur vous invite à l'événement Moules-frites, nœud-papillon et pantalon en lin avec Jojo et Cat

Plus tard, Jordan me convoque pour mon *feedback hebdo*. Il s'inquiète de mon manque de sommeil et de mes performances en baisse. Ça l'étonne encore davantage maintenant qu'il sait que je suis jaune-rouge.

Il me liste ses warnings :

Les pages Marlboro et IQOS sur les réseaux sociaux sont en train de perdre des followers, le contenu que j'ai créé ne génère pas suffisamment d'engagement.

Le forecast n'est pas bon, le trend est négatif et mon pitch de la veille manquait de garantie ROI.

Notre campagne TV IQOS multi-canal doit être déployée WW mais on compte toujours sur moi pour le data reporting qui permettra de calibrer le budget sur la Suisse.

Il faut absolument que je baisse le CPC, et le CTR est beaucoup trop faible. Le coût par lead n'est pas mauvais mais c'est le coût par conversion qui plombe mes chiffres.

Il me pose encore quelques questions relatives au changement de l'algorithme SEO Google Core Update et me prend à défaut sur les interstitielles intrusives et les pop-ups pénalisants. Ça fait beaucoup.

Je lui détaille mon épuisement et jure de remonter la pente. *No problem only solutions*, il me dit, et il a une proposition à me faire qui a l'air de beaucoup le réjouir. Justyna, la Chief Happiness Officer, nous rejoint. Elle fait parade d'un sourire lactescent, smiley forcé pour une condamnée au bonheur. On te propose une détox ! qu'ils annoncent de concert. Une retraite de deux jours dans une cabane au Pied du Jura, sans téléphone ni connexion.

C'est une opportunité réservée à nos meilleurs éléments. On est convaincus que ça te ferait du bien… c'est l'occasion genre de prendre un peu de recul, tu vois… de te désintoxiquer du monde digital, tout ça, pour nous revenir en forme et… ouais, prêt à relever de nouveaux défis ! La cabane est dispo ce week-end et l'entreprise prend tout en charge… Avec l'incendie, tout ça, ça tombe bien, non ? ajoute la CHO. Elle me tend un cahier DETOX composé d'images de sportifs, de routes infinies, de montagnes et de punchlines. Pendant qu'ils énumèrent la liste des collaborateurs ayant résidé dans la cabane, je lis :

Be the change you want to see in the world.

Accepte ce qui est, laisse aller ce qui était et aie confiance en ce qui sera.

You're always one decision away from a totally different life.

Tu n'échoues jamais, tu apprends.

You don't always need a plan. Sometimes you just need to breathe. Trust. Let go. And see what happens.

N'abandonne pas, souffre maintenant et vis le reste de ta vie comme un champion.

Alors, prêt pour la détox ? ils me font, franchement pétillants. À un jaune-rouge comme toi, ça va faire du bien ! Difficile de refuser leur offre. Je dis oui, ça me changera de la chambre Ibis. Les collègues me félicitent aussitôt et je passe à l'hôtel chercher quelques affaires. Le bus qui doit m'emmener à la cabane part à 18 heures. Lola me propose de dormir chez elle dès mon retour dimanche soir, jusqu'à ce que je retrouve un appartement. Ça fait beaucoup d'informations pour quelqu'un qui n'a qu'une seule envie : dormir.

🔔 Félicitations, votre profil est apparu cette semaine dans les résultats de 18 recherches

4

Entre le monde et moi,
il n'y a plus maintenant
la moindre relation directe.

Kafû, *Feu d'artifice*

Le trajet dure environ quarante minutes. On monte paisiblement entre les dalles herbeuses et la terre retournée. Le sentiment de communion avec la nature opère rapidement ; les routes rétrécissent, les vaches se multiplient, et les maisons s'aplatissent, s'entourent de paille et de purin.

On traverse Cossonay et d'autres bleds décharnés jusqu'à L'Isle, dernier village qu'on s'autoriserait à visiter. Il y a un château étrange et quelques échoppes, ici la vie semble avoir quelque chose de lent. Au pied des premières bosses du Jura, le bus tire à gauche et longe le paysage qui se déploie par strates parallèles depuis le Léman comme un escalier. On glisse entre les sillons de ce territoire incliné jusqu'à l'entrée du village de Montricher.

Là on monte en direction de la lisière de la forêt où nous attend un homme vêtu comme un forestier, bottes et salopette, pour aller à l'essentiel. Il m'indique la voie à suivre pour atteindre la cabane, 200 mètres puis à gauche, et m'invite à lui remettre mon iPhone, mon Apple Watch et tout autre objet connecté.

Le type m'explique les alentours, la combine, je lui suggère de faire court et le rassure : je vais m'en sortir. Alors il me souhaite une franchement chouette détox, qu'il prononce avec un accent ahurissant de mélodie.

Avant qu'il ne se sauve – réflexe pavlovien, instinct de survie –, je lui demande s'il y a des animaux sauvages, si c'est un endroit effrayant. Il commence par rire puis me dit comme ça :

— Ouais, dans la forêt y a des animaux, bien sûr… bon y vivent là, hein… mais vous faites pas de mouron, ils la sentent votre présence et se tiennent à l'écart. Ils ont plus peur de vous que vous d'eux !

— Comment ça, ils sentent ma présence ?

— Ben ils savent que vous êtes là, quoi, c'est leur instinct. Ils l'ont déjà senti j'vous dis, et votre frousse, là, ça aussi ils le sentent ! À tous les coups !

Alors bon, 200 mètres, il a dit. Combien ça fait ? En distance, je veux dire. Enfin, à la marche, quoi. Ça doit pas être plus de dix minutes, j'en sais rien. J'avance. Mes yeux s'habituent aux teintes nuiteuses de la forêt. À un moment donné, je rejoins une route, prends à gauche. Mais ça fait bien dix minutes que je marche, non ? Ou même quinze ? J'en sais rien. Et la nuit est d'une noirceur épouvantable, ici.

Je reviens sur mes pas. Le plus logique est de retourner au point de départ. Vingt ou trente minutes que je marche dans le vide, maintenant, et rien à l'horizon. Juste ces branches remplies d'oiseaux et de bestioles reniflantes.

Bon, je recommence depuis le début. Dans cette direction 200 mètres et à gauche. Je calcule avant de me lancer : 200 mètres, c'est genre 105 fois ma taille. Ça m'aide pas trop ; 200 mètres carrés, c'est la villa de mon père. Pas mieux ; 200 mètres, c'est quatre fois cinquante mètres, quoi, cinquante fois quatre mètres. C'est deux fois la piste du 100 mètres, en fait. Donc deux fois dix secondes, à la Usain Bolt, si je sprinte. Allez, vingt-cinq secondes, j'suis pas chaud. Prêt, partez, feu. Trente secondes max. Ça me semble court. J'étouffe. J'ai plus vingt ans. Il est où, ce sentier de merde ? Ah, là, peut-être. Oui là, et au fond, la cabane. Enfin.

Je tourne la clef dans la serrure, la porte s'ouvre sur un intérieur cosy et cocooning. Le sol, les murs et le plafond sont en bois clair, une odeur de colle et de plastique flotte entre les fenêtres. Il y a une minuscule salle de bains avec chauffage au sol, un vaste lit duveteux et une cuisine miniature qui sent le café chaud et les biscuits. Un repas est servi sur la table, avec une limonade détox avocat-menthe-rhubarbe. Et, dans la cheminée, tout est prêt pour allumer un petit feu. Tout est bien.

Le logo de Philip Morris décore le savon, les poignées de porte, la lampe, les draps et les chaussons. Je m'y sens tout de suite à mon aise, c'est très familier. Ça n'est pas de la joie mais peut-être de la gaieté, au moins du contentement. La pétoche et les frissons décampent, reste l'attisement.

J'examine mon bercail. Au-dessus du lit, un certain Henry David Thoreau me suggère *d'aller avec confiance dans la direction de mes rêves, de vivre ma meilleure vie*, sur un coussin il m'enseigne que *l'important n'est pas ce qu'on observe mais ce qu'on voit*, et sur la cuvette des toilettes il me rappelle qu'*il ne faut jamais regarder en arrière, sauf si on prévoit d'aller dans cette direction*. Ça fait beaucoup de punchlines pour un seul type.

J'aimerais prendre des photos, raconter mes sentiments, téléphoner, poster. Vite le dispositif me manque, je suis dépourvu, à poil. Je cherche l'appareil, dans mon cerveau un geste automatique se déclenche à intervalles réguliers, mon pouce demande à swiper. J'ai déjà trois fois tapoté sur le boîtier noir qui commande les lumières, croyant que c'était mon téléphone. Et je ne cesse de le chercher, dans mes poches, dans ma veste, sur la table. Même sous le lit, j'ai regardé. Quel con. Que la détox commence !

J'allume le feu dans la cheminée. Ça prend vite, les flammes chiffonnent les boules de papier et s'enroulent autour des petites bûches puis des plus grandes. L'écorce se courbe et craque sous la chaleur, le feu s'infiltre partout, accroche sur chaque brindille qu'il aspire pour grandir encore, monter plus haut. Je jette une pive, elle s'embrase et craque, crépite. Et l'air tiède attise mon feu que j'écoute respirer. Il souffle, sur un rythme régulier, puis aspire un peu plus d'air encore pour faire virevolter quelques cendres grises. Et sa chaleur tendre rayonne doucement dans la pièce. On s'apprivoise, tous les deux. J'en viens à douter qu'il puisse s'en prendre au corps humain et le cramer en entier.

Après le repas, j'évacue les émotions secondaires pour me concentrer sur l'essentiel : les animaux sentent ma présence, l'instinct, tout ça. Allons bon, toi, le forestier, l'homme des bêtes, ami de la terre, es-tu bien certain de ce que tu m'as dit ? Les animaux sont-ils si lucides ? M'ont-ils vu courir dans la forêt ? Ont-ils été impressionnés ?

Si je me faisais discret, sobre comme l'araignée, si je m'enfouissais dans ma hutte, sauraient-ils me retrouver ? Si je me cloîtrais là, impassible derrière ma porte, si je m'évanouissais dans les angles morts ? Si je vivais tout près d'eux, juste à côté, mais que jamais je ne me montrais, si j'étais un fantôme, me devineraient-ils ? Auraient-ils seulement conscience de mon existence ? N'achèveraient-ils pas leur besogne ? Ne vivraient-ils pas ordinairement ? Et ne serait-ce pas normal ? Correct ? Candide ? Dis-le-moi, forestier.

J'éteins la lumière et commence ma dissimulation. Somnolant, je tends l'oreille. Les bestioles, prédateurs et êtres instinctifs hésitent à rôder autour de ma cahutte. Le bal des ombres grises, leur danse avec les voiles blancs de mes fenêtres, leur sournoiserie festive, tout ça me tient semi-éveillé.

J'ai le profond sentiment d'être observé, scruté par les animaux de la forêt. Si bien que j'ai la conviction de sentir leur présence et leurs odeurs à mon tour, dans mon sommeil. Ils sont là, si près, derrière mes murs de bois.

Renard, le chef des animaux, courageux et honnête, est le premier à s'approcher de ma cabane, guidé par Crapaud et Chouette. Blaireau, le doyen sage, est plus timide, il reste en arrière avec Taupe, observe. Et le rire de Belette vient jusqu'à moi, je l'entends se réjouir et gratter à ma porte. Derrière les arbres, au loin, la famille Lapin tremblote de peur à l'idée que je les attrape. Tout ça se mélange en une musique aérienne, quelque chose de sautillant, comme un xylophone. Non, une harpe. Des notes qui rebondissent, des gammes qui courent, un triangle clinquant. C'est très beau, les couleurs sont vives, les images un peu délavées, le trait fin. Ça me berce comme une chanson pour enfant. Je me sens bien.

Au réveil, le jour se lève et m'accueille en silence. Ni humain, ni voix, ni podcast, ni vidéo, ni radio, aucun signe de vie. Aucune raison de penser que je suis éveillé plutôt qu'endormi.

Et pas de parade des animaux non plus, aucune preuve de leur noctambulisme. J'ouvre la porte et l'automne m'attend dans ses premiers effets, ses premières rougeurs. Un soleil voilé descend entre les arbres. À mes pieds, un panier garni. Pains, confitures, beurre, jus de fruits, charcuterie et un petit mot qui me souhaite une excellente détox. Aumône qui a attiré quelques lascars volants et des petits pirates sur pattes, ivres de toute la rosée matinale.

Mais c'est le gros gibier qui m'intéresse. Je déjeune rapidement et décide de me mettre en chasse. Renard, loup, chevreuil, cerf, sanglier, je veux les dénicher, savoir s'ils sont si différents de moi. Voilà mon seul objectif : trouver des animaux et comprendre leurs instincts, savoir si j'ai vraiment perdu toute sensibilité, si le fait de ne pas avoir « senti » Grami est si terrible que ça.

En route, je ne cesse de chercher mon portable, souvent les ondes dans ma tête font une vague irrépressible et je tends le bras, farfouille. Certaines zones de mes hémisphères sont réquisitionnées pour servir ce bal aberrant, les sillons des neurotransmetteurs y sont creusés si profondément, c'est toute la topographie de mon cerveau qu'il faudrait revoir.

Combien de temps je perds avec ça ? C'est un calcul au résultat indexé sur mon degré de paresse : exponentiel quand je ne fais rien, stable lorsque je suis affairé à une tâche, proche de zéro quand j'explore la nature.

La forêt est relativement accueillante, très verticale mais aussi horizontale, ronde, ondulée, évasée. Ça gazouille sans retenue, trop heureux de retrouver la clarté diurne après les gris nocturnes. L'air est frais et humide, la mousse fait s'évaporer la rosée en petits nuages de brouillard. J'avance en direction du Jura sur un chemin caillouteux. Quelques promeneurs traînent çà et là et me saluent, comme si ma présence ici était ordinaire. Ils ont l'air de penser que c'est une très belle journée pour faire une balade, vraiment, qu'il faut en profiter, ah ça oui alors.

Plus loin, je passe devant une magnifique maison à la lisière de la forêt, avec un vieil homme devant. Il me regarde et lève sa main. Je m'arrête, j'ai l'impression qu'il a quelque chose à me dire. Il rentre du bois, se courbe difficilement. Bonjour ! je fais, et je continue.

Les animaux doivent être ailleurs, je constate, dans un endroit moins fréquenté, là où rien ne dérange leurs instincts. Alors je grimpe, désigne une colline et la gravis pour me rapprocher un peu de leur monde sauvage. *You don't always need a plan. Sometimes you just need to breathe. Trust. Let go. And see what happens.*

Là-haut il ne manque pas d'arbres non plus, mais le terrain est plus rocailleux et des touffes d'épines et de branches tranchantes me forcent à faire demi-tour, à revenir sur mes pas. Les animaux ne sont pas loin, je le sens. C'est comme une évidence : ici défilent les rois de la forêt, ici leurs sens s'aiguisent.

Vient alors ma ruse : je dépose un peu de charcuterie là-bas et attends ici, à dix mètres, dissimulé derrière une pierre mousseuse. Pas un bruit, aucun geste, je me fais doucement fantôme. Comme Grami. Je disparais de leurs radars, me transforme en mousse, bois, rosée, feuille. Je deviens une anecdote, une broutille, presque rien. Venez vous délecter, animaux inconscients, tandis que je vous observe sans me faire remarquer.

Je remue le moins possible, cherche une position supportable, une façon de faire corps avec cette pierre. Patience, sursis, tergiversation, le temps est très long.

Tandis que je me fige, rien ne bouge. Aucun animal à l'horizon, pas de visiteur, comme s'ils voulaient m'éviter. *Accepte ce qui est, laisse aller ce qui était et aie confiance en ce qui sera.*

Je tiens bon, rehausse mon seuil de tolérance, m'accroche. La forêt ne veut pas de moi mais je ne lui donne pas le choix. Les insectes ambitionnent de me déloger. Ils semblent éclore dans la mousse, pousser là, dans ce ventre calcaire, bestioles minérales rampantes, enfants de météorite. Fourmis, mille-pattes, scarabées, moustiques, guêpes et autres engins volants se relayent pour me chasser.

Je suis un corps étranger, un souffre-douleur. Figé et calme, j'essaie de résister à leurs sournoiseries. Mais je les sens m'inspecter, calculer mon périmètre, évaluer la quantité de poison qu'il leur faudra déverser pour me faire fuir. Certains entreprennent de me détruire de l'intérieur, cherchent à entrer dans ma bouche, mes oreilles ou mes yeux. D'autres s'en prennent à mes veines, mon sang, ma moelle. Le repas qui leur est servi n'est pas celui que j'imaginais.

Au bout d'une heure, ou peut-être deux – comment savoir ? – tous ces encombres et la faim, aussi, puis la fatigue, me convainquent de rentrer. Ces sales bêtes n'ont pas daigné se pointer.

Alors je rebrousse chemin, reviens sur mes pas. Mais la descente ne ressemble aucunement à la montée, les ombres sont inversées, les angles aussi. Je tâtonne, piétine, glisse, me rattrape, quand soudain sur ma gauche une masse brune arrache quelques branchages et s'enfonce derrière les barreaux d'arbres mousseux. Elle file en direction de ma pierre et du repas que j'ai servi. Ouah le machin que c'est ! Énorme !

Demi-tour, montée d'adrénaline, j'enjambe arbustes et fougères et cours en direction de la bête. Elle est furtive, ondoyante, je la perds de vue. Je pousse sur mes jambes, mais mes pieds s'enfoncent, je m'englue, du lierre s'enroule autour de mes chevilles, la forêt me retient. *N'abandonne pas, souffre maintenant et vis le reste de ta vie comme un champion.*

Une centaine de mètres plus haut, je retrouve ma pierre mousseuse. Ah non, c'est pas elle, elle lui ressemble. Là-bas ! J'avance un peu… non plus ! Plus loin, elle était plus loin, vers les arbres en triangle… enfin, les trois arbres, quoi. Putain, elle était juste là, non ? En tout cas, j'ai déjà vu ce buisson, là, et celui-ci… je suis passé ici avant, c'est sûr… ou alors par là.

En même temps, les rayons du soleil font comme une griffe sur mes yeux, leurs traînées blanches transforment la forêt en mirage. Et la bête est loin, maintenant, avec mon repas. Elle s'est bien foutue de moi. Et je suis fatigué. Et j'ai faim. Il faut que je mange quelque chose, que je rentre à la cabane. *Tu n'échoues jamais, tu apprends.*

J'aperçois un sentier en contrebas, un lacet de terre battue qui s'en va à flanc de coteau. Je le prends. Après une petite éternité, j'arrive enfin au bord d'une route goudronnée que j'emprunte. J'aperçois des fermes et, plus loin, un hameau. Le soleil s'est déjà retourné dans son ciel, Dieu que ce village est loin.

Arrive alors un pick-up et sa traînée de poussière. Je fais des signes, il s'arrête. Le type me dit de monter, il s'appelle David. C'est un paysan, je crois. Il connaît la cabane et veut bien m'y déposer.

Ah vous êtes là pour la cabane… z'êtes pas le premier à vous perdre ! il marmonne. J'essaie d'en savoir plus mais il ne dit rien, c'est un taiseux. On traverse le village de Mont-la-Ville puis on s'élance sur une ligne droite qui descend sur La Coudre, puis Montricher. Les villages sont ici comme de vieilles gens silencieux et agonisants, mais charmants aussi. On ne serait pas étonnés qu'ils disparaissent un jour, qu'ils s'en aillent, que leurs maisons et leurs églises se mettent en route pour fuir le brouillard, se rincer dans le lac.

Ça sent très fort la bouse, dans cette voiture. Disons qu'on a conscience que mon chauffeur côtoie des vaches. On pourrait même penser qu'il se frotte à elles, danse avec, dort avec. Et c'est une odeur excellente, quelque chose qui évoque les poils, le grand air et la boue, un parfum de nature pure et profonde. À ses côtés, j'ai le sentiment de me tenir à l'origine des choses, au commencement du temps naturel, au rythme de la faune et de la flore. Je m'enflamme un peu, mais, ce que je veux dire, c'est que je me sens bien à côté de ce type.

J'arrive à la cabane : rien à manger. Je fouille, retourne la pièce, vide les armoires, rien. Dans un classeur brodé *Guide vers la quiétude*, un papier m'informe que ma table est dressée à l'auberge Les Deux Sapins dans le village. Encore vingt minutes de marche. Je n'en peux plus. Je suis pris par des vertiges et une nausée mielleuse, un mal-être un peu couillon. Chaque partie de mon corps merdouille légèrement, il y a erreur dans l'alignement de mes atomes.

Je me traîne malgré tout jusqu'à l'auberge, j'entre. Sur des meubles en bois clair, des napperons soutiennent de drôles d'assiettes, des petits bonshommes en porcelaine et des pots avec des oiseaux peints dessus. Et, sur le comptoir, dans des corbeilles, il y a des poupées, des fruits en plastique et des sabots en bois.

— Hello, bonjour. We wait you, on t'a attendu ! lance une femme assise derrière une table, tricotant.
— Ah bon.
— Speak français ?
— Oui.
— Il est trois heures passées, le cuisinier est à la sieste.
— La cuisine est fermée ?
— Comme tu vois.
— Il faut que je mange quelque chose.
— Tu t'es perdu ou bien ?
— Vous avez quelque chose à manger ? N'importe quoi.
— Un jour, on va plus vous retrouver, y en a un qui va y rester… Pain fromage ?
— Oui parfait, merci.
— Bon, t'es pas un English toi au moins, elle me dit en passant derrière le bar. Va savoir combien vous

êtes chez le cigarettier, on a bientôt vu passer le monde entier ici… Tu fais quoi là-bas ?

— Je suis community manager, mais voudrais passer brand manager bientôt.

— Connais pas.

— Je fais du marketing, quoi.

— Ah bon… Et t'as beaucoup marché ?

— Oh oui.

— Combien ? T'es allé par où ?

— Je sais pas, j'ai pas mon Apple Watch.

— De quoi ?

— Ma montre connectée.

— Pour quoi faire ?

— J'ai une application qui calcule mes pas, les kilomètres, le rythme cardiaque, tout ça…

— Eh ben, c'est un chouette engin que t'as là.

— Ouais, la télévision, elle fonctionne ?

— Bien sûr… Tiens, choisis ta chaîne. T'es pas en détox ? elle ajoute.

— Ah, ça. Oui.

— T'as une douche dans ta cabane ? elle me demande en m'apportant une bière, du pain et du fromage.

— Oui, je dis, en commençant à manger.

— Il faut te doucher à cause des tiques.

— OK.

— Moi, c'est Christelle.

— Enchanté, César.

Le téléviseur débite ses hertz. Je zappe. – *venue à Sandro, 8 ans, c'est déjà une star sur les réseaux sociaux, sa reprise de Hallelujah a déjà été visionnée à plus de douze millio – Kevin, mon amour, promets-moi de revenir à la maison ce soir, j'ai peur – accueillons l'excellent Gad Elmaleh pour – ils se lancent alors à sa poursuite dans les rues de la capitale pendant que le commandant Mi – et votre histoire est incroyable, le destin vous a réunis quinze ans après votre premier baiser au Flunch du centre commercial des trois fontaines à Cergy – car aucun animal n'avait péri lors du tsunami de 2005, leur instinct leur permettant de pressentir la catastrophe, contrairement aux humains qui ont péri par dizaine de milliers – sur le banc de l'équipe de France à trois reprises, aujourd'hui titularisé contre ces parisiens toujours menés par le décevant Kylian M'Bappé…*

Parfait. Football, Paris-Lyon, onze contre onze, un ballon, un arbitre, une heure trente. Je me sens revivre, mode habituel, divertissement, veille partielle. Fromage, pain, fromage, fromage, bière, la machine redémarre, la température est idéale, tout est bien. Les autres courent pour moi, le spectacle est encadré dans un écran, la vie est douce.

La grande salle se remplit de quelques villageois aux dégaines racornies. Le commentateur est là pour qui a besoin de l'entendre, qui a besoin de cette voix, de ce tendre monologue. On suspend la solitude pour quatre-vingt-dix minutes, c'est un mal de moins à souffrir ici-bas. À Montricher, mais sûrement aussi à Mont-la-Ville, La Coudre, L'Isle ou La Praz, dans tous ces trous perdus, quelques mètres carrés sont dédiés à cette rengaine sportive, au fanatisme soft, au combat contre la solitude. Ça coûte toujours moins cher qu'un cabinet médical, et ces commentateurs sont les seuls soignants qui daignent monter jusqu'ici.

Messi qui gagne trois millions par mois, tu te rends compte ? On marche sur la tête... toujours blessé en plus ! fait l'un des clampins. Il me fume, comme j'ai repris quelques forces, je lui explique que, sur un plan marketing, c'est une mine d'or. Qu'au niveau de l'image, pour les sponsors, pour la vente des maillots, pour le marché asiatique, c'est génial : est-ce qu'il arrive à s'imaginer le nombre de followers qu'il a sur les réseaux sociaux ? Les enjeux financiers qu'il y a derrière ses posts Instagram ? Que Messi, comme Neymar, est une marque, un produit ? Je lui dis ça et quelques autres choses encore. Lui me répond avec un grognement. Il a l'air idiot qu'on se surprend parfois à avoir quand on regarde dans un aquarium et aperçoit son reflet sur la vitre.

Dans le lot de marginaux, il y en a un que j'aime bien. C'est l'ivresse qui m'intéresse ! il répond, quand les autres lui disent qu'il boit trop. Sa dégaine est étrange, il a des colliers et des tatouages. Alors je lui demande ce qu'il fait là. Je visite mes parents ! il dit. Une fois par année, au moins. Mais dès que je peux je repars. C'est plus chez moi ici. Il vit en Polynésie, a tout lâché. C'est mon intervalle, ma cachette, il continue. Je suis né ici mais ma vie est ailleurs. La vie, est ailleurs. Tout entière elle est ailleurs. Mais vous savez pas chercher, tous. Et il descend son verre.

En le regardant je me dis qu'il existe quelques philosophes, planqués çà et là, qui vivent la bonne vie. Je me dis qu'il faudrait que j'en sois, qu'il ne faut pas abandonner, qu'il me faudra retourner chercher les animaux, demain. Que je vais trouver mon intervalle, ma cachette, enfin, ma place, quoi. Qu'y a pas de raison. Et, ouais, je suis un peu sentimental et niais, d'un coup, mais c'est à cause de l'alcool.

— Le patron est debout, on va pouvoir te cuisiner quelque chose, me dit soudain Christelle.

— Ah, bien, ça. Il est où ?

— Dans sa chambre.

— Alors comment vous savez qu'il est réveillé ?

— J'le sais c'est tout, j'le sens. Il va descendre.

— Mais comment vous faites pour le sentir, enfin pour le savoir ?

— Oh ben j'ai l'habitude, et puis il dort juste au-dessus et on sent ces choses-là. Et regarde le chien, là, comme il est jouasse.

On sent ces choses-là ! C'est ça, ouais. Tout le monde sent, ressent, pressent, ils sont comme des clitoris, tous. Hypersensibles. Et moi alors ?

— Je prends les paris ! je lance, comme ça, un peu ivre, aux autres.

Les mecs me regardent avec des gueules interminables.

— Celui qui devine le score exact ramasse le pognon des autres ! je propose.

— Ça va, on connaît le principe, fegniole, répond le plus vaillant en sortant une thune.

Tous s'y mettent.

— Toi aussi, le grappiat ! ils braillent.

Ça me fume comme ils utilisent des mots étranges mais, ça va, je les comprends. Je mets 20 balles sur le PSG, 3-0. Eux voient du 5-1 (la belle brossée !), 2-0, 2-2, et le philosophe voit Lyon devant, 8-0. C'est n'importe quoi. Même Christelle et le patron s'y mettent : 1-1 et 7-0 (avec cette équipe de manoillons !). Certains reprennent leur mise pour régler un pichet de dézaley (Wegmüller il fait du bon sirop, quand même), ou acheter des clopes (faut profiter, bientôt on pourra plus mourir comme on veut). Et, sur l'écran, ça balance de gauche à droite, se chiffonne, envoie des rotoillons, mais on finit avec un pauvre 0-0.

Pour les devins, on reviendra. Le nez dans mon filet de sanglier, je suis tout réjoui. Si bien que je leur paie un dernier coup de dézaley à tous. Et puis je rentre. Il fait tiède, je suis rassasié et pompette, il n'y a plus de problème.

Un chat traverse la route et manque se faire écraser par un tracteur. Si traverser la route était sans danger, est-ce que les chats traverseraient quand même ? Je ne sais pas pourquoi je me pose ce genre de question à la con.

5

Si vous vivez avec les oies sauvages
durant 3 ou 4 ans jour et nuit
vous parviendrez à comprendre
tout ce qu'elles disent.
Il y a beaucoup de syllabes
qui se suivent très rapidement.
Et les fréquences hautes prédominent…
Il y a Kan.Kan.Kan.Kan.Kan
qui veut dire que les oies vont bien.
Et Kan.Kan.Kan.Kan.Kan
peut se transformer
en Kian… Kian… Kian… Kian…

Konrad Lorenz

Aux armes, animaux ! Aujourd'hui je ne vous manquerai pas. J'ai dormi en suffisance, mes muscles sont chauds et bandés, mon instinct se réveille. Venez, chevreuils, cerfs, renards, sangliers, biches, hérons, élans, chacals, j'invite tout le règne animal ! Retrouvez-moi à la pierre mousseuse, je vous y attendrai ! Vous ne m'y reconnaîtrez pas, je serai elfe, chimère, spectre, à quelques mètres de vous. C'est moi qui vous reniflerai, qui sentirai votre présence et vos fulminantes odeurs de bestiaux !

Je vais par le chemin de la veille, c'est bon, je maîtrise l'itinéraire : le sentier monte, puis tourne, et vient ensuite la colline à gravir. Je reconnais les arbres, les pierres, les fourrés. Le sol brille de rosée mais, globalement, le tableau est identique.

Quelques troncs semblent plus foncés que la veille, et des champignons ont poussé par endroits. La nature me tend son piège mais je ne suis pas dupe, je m'enfonce sans crainte. *Be the change you want to see in the world.* La colline apparaît plus ronde, avec une pente douce et des verts très profonds.

Plus j'avance et plus ma mémoire se trouble, on jurerait que quelqu'un est venu déplacer des arbres, faire rouler deux ou trois rochers. Comme si les animaux s'amusaient, la nuit, à déranger la forêt.

Encore quelques mètres et je ne reconnaîtrai plus rien. Ma pierre mousseuse peut bien se trouver juste devant moi ou à plusieurs centaines de mètres. Tout est emmêlé, retourné et amalgamé pour que je confonde chaque tige avec chaque branche, la toile bariolée est passée du vert au noir et du noir au vert, c'est un enfer.

J'essaie de me parler, m'encourage, me rassure, mais rien ne ressemble plus à un coin de forêt qu'un autre coin de cette même forêt. Et il me manque ce malheureux portable pour me repérer. Ça commence à me tendre un peu. Pourquoi est-ce si compliqué ? On a vécu des millénaires dans les bois ou à leur lisière, non ? C'est pas possible de tout oublier comme ça. En quoi, cinq générations ? Où est-ce que ça a foutu le camp ? Quelle part de mon putain de cerveau s'est atrophiée avec le temps ?

Autour de moi les oiseaux braillent sur leurs branches, trop réjouis de me voir perdu là, animal sans poil ni sens de l'orientation, sale bête plus bonne à rien… Ils m'emmerdent, ces cons, à chanter. Ça vous amuse ? Connards, va ! Connards ! j'hurle. Et ça les calme en plus. Connards ! je reprends. Connards ! y a que ça qui sort. Avec leurs petits becs de merde, là, et leurs plumes qui frétillent. Petits cons. Connards ! Aha, ça vide la tronche.

Soulagé, je rebrousse chemin, passe devant la belle maison à la lisière de la forêt et reconnais le petit chemin caillouteux qui se faufile entre les arbustes. Le vieillard me salue, encore, les bras remplis de bois. Qu'est-ce qu'il me veut celui-ci ? Et qu'est-ce qu'il fout ici, tout seul ? Y a de ces gens, je te jure. Je lui fais un signe et avance tout droit. Un peu plus loin, je déniche quelques framboises cachées entre deux murs de branches épineuses. Y en a des noires, et des bien rouges. Je mange les rouges, bien dures, acides, difficiles à avaler, rançon de la sauvagerie. Rien à voir avec les framboises congelées, molles et flasques.

De retour dans ma cabane, je m'ennuie. Thoreau me lasse avec ses poncifs. Je n'ai rien d'autre à faire que de les lire ou de tenter une sieste. Alors bon, je m'assoupis et je rêvasse. Il y a un écran géant dans la forêt, un hélicoptère, Neymar, c'est un peu confus.

Et tout à coup je suis réveillé par une douleur étrange, je ne sais quelle fièvre assassine. Mon tronc bouillonne, crépite ; je me plie en deux sur mon lit. C'est dans mon ventre que ça donne, les dragons et les lutins ont pris rendez-vous pour un bal infernal. Tous les démons de la forêt sont entrés en moi avec les framboises ! Ça gonfle puis ballotte, asticote, bassine, écartèle.

Je cherche mon portable pour faire une recherche sur Google, consulter un forum, comprendre. Rien. Putain de détox ! Je ne vais quand même pas crever là ?!

Les tiques ! Merde, Christelle m'avait prévenu de me doucher hier soir. Aucune idée de ce que sont ces tiques, cette lèpre forestière, cette fièvre tyrannique. Il faut que je me douche. Il est peut-être encore temps. Je me traîne jusqu'à la salle de bains, me hisse dans la baignoire, ouvre l'eau et frotte. Cette tique a dû entrer en moi, je la sens me dévorer de l'intérieur. Je savonne, fais des bulles, me tords dans l'eau chaude, cherche une position supportable.

Tout à coup ça se précise, l'orgie se concentre dans mes viscères et mes muscles me demandent d'épurer. Tout de suite. Dans la baignoire. Je me vide d'une seule traite, d'un pétard déshonorant et infâme. Ouah, c'est la cabane de la honte, la baignoire du dégoût. La forêt m'a traversé, transpercé, nettoyé. Ces salopes de framboises m'ont étripé.

Le restant de l'après-midi, chaque heure me voit en meilleure forme que la précédente. Je bois de l'eau, grignote les restes du pain, me retape. Je parviens carrément à me trouver courageux, même si indigne. La cabane est définitivement inaugurée. Et, dans un sens, la détox est un succès : je repars davantage vide que plein.

C'est pas des framboises, ça... c'est des mûres, faut attendre encore pour les manger, attendre que ça devienne noir ! m'explique le forestier qui vient me libérer de ma détox en fin d'après-midi. Et il me dit ça comme si c'était une évidence. Je le remercie mais lui fais quand même remarquer que, à Lausanne, les bottes en caoutchouc sont une faute de goût depuis 1950.

Vient ensuite le bus, mais je n'ai pas complètement envie de rentrer. Ce véhicule blanc et bleu, ce type en costume qui doit me conduire en ville, je leur trouve quelques airs de traîtres.

Et à la fois je suis heureux de revoir le lac, excité de retrouver mon téléphone, de reprendre ma vie quotidienne. Même si je laisserais bien un peu de moi ici, je forcerais mon instinct à écumer les alentours, à s'aventurer toujours plus loin dans la forêt, à approcher les animaux jusqu'à les toucher.

Mais on est d'un seul bloc. On bourlingue tout entier, ne se divise pas, c'est tout ou rien. Alors c'est tout moi qui remonte dans ce bus et fonce vers Lausanne. *You're always one decision away from a totally different life.*

J'aimerais garder mon portable éteint, m'en ficher de tout et regarder la forêt lentement reculer jusqu'à disparaître. Malheureusement c'est trop difficile. Ce truc noir et brillant m'attire follement. Comme une femme. Pas une femme dont je serais tombé amoureux, non, c'est un sentiment trop impressionnant, qui exige trop de retenue. Plutôt comme une femme dont je me foutrais tendrement. Ce genre de femmes-là. Celles vers lesquelles on retourne sans trop savoir pourquoi, celles qui sont toujours d'accord avec nous. Celles qui ne disent jamais non. Celles pour lesquelles on aura toujours une once de pitié et de tristesse. Celles qui nous font parfois sentir qu'on est un gars gentil mais franchement banal, celles qui nous donnent soudain envie de tout arrêter, même l'amour.

✉ Vous avez 194 mails non lus

✉ Vous avez 147 messages non lus et 5 appels en absence

🔔 Encore 3 heures pour profiter de nos offres exclusives à 30 % de réduction – alors, vous dormez ?

🔔 César, vous nous manquez, cela fait plus de trois jours que nous ne nous sommes pas croisés :-(

🔔 Baber de la Coulemelle vous invite à écouter Amour Toujours de Venecy sur YouTube

🔔 Erreur de livraison : votre colis Amazon contenant Câble Display Port Support 4K@60Hz, Compatible avec FreeSync et G-Sync n'a pas pu être livré

🔔 Valentine vous invite à jouer à princess of Persia

🔔 Un de vos contacts, Damien Barraud, vient de rejoindre LinkedIn

🔔 Luca Rubinacci vous invite à suivre la page MuKi_Tailleur

🔔 Baber de la Coulemelle, Carlos Salgado, Benineskitchen et 23 autres personnes ont réagi à une photo dans laquelle vous êtes identifié : Princes of the Meat

🔔 Félicitez Serge Piquet pour son poste de Innovation booster & Creative thinker @ my self and I

🔔 Vous avez d'autres notifications, rendez-vous au Centre des notifications pour toutes les consulter

Le tourbillon de dopamine évacué, deux choses surnagent : l'adresse de Lola, que je donne au chauffeur, et un message de la fille de Grami qui me propose de les retrouver vendredi prochain pour une cérémonie d'adieu. Une chose après l'autre, il n'y a pas de problème.

6

Quand les gens n'ont pas à se débrouiller
pour satisfaire leurs besoins primaires,
ils se créent des buts artificiels.

Unabomber, *Manifeste*

Lola est adorable. J'occupe la grande chambre de son appartement, celle de sa coloc partie aux États-Unis pour l'organisation du *Greta Thunberg Day*. Peut-être Lola craint-elle la solitude car elle est toujours quelque part, avec quelqu'un, à faire quelque chose pour quelquc raison.

Moi, j'ai davantage tendance au retranchement et à la fainéantise. Et dorénavant je fais mes petites expériences. Je devine, prophétise, détecte. C'est entre mes organes que ça se joue, il s'agit de les connecter convenablement pour ne perdre aucune poussière d'information, pour que s'épanouissent mes intuitions.

Lundi soir, sur le palier de l'appartement, j'ai deviné que Lola n'était pas seule. L'atmosphère ce soir-là était celle d'un couple : parfums en surdose, traînées de phéromones, étincelles d'excitation. Ma présence derrière la porte était comme une écharde dans la volupté et la douceur de leurs épidermes, alors je me suis retiré pour quelques heures encore.

Hier mon organisme a unanimement pressenti que l'ascenseur allait s'arrêter au troisième étage pour charger un voisin. Quelque chose de l'ordre de l'avant-goût a traversé mes atomes et j'ai su que l'ascenseur s'arrêterait. Difficile de discerner ce qui, de la mécanique subtile de l'engin ou de la présence physique du voisin, quelques mètres plus bas, a été capté par mon instinct.

Voilà mon obsession : comprendre et développer mon sens de l'observation, réveiller ma chair, gagner en jugeote. En trois jours j'ai construit ma carte mentale, mes repères dans l'espace et le temps. Je connais le nom des voisins, ici. D'ailleurs, un truc m'a fait réfléchir : tous ont un autocollant « pas de publicité » sur leur boîte aux lettres. En fait, mon job, personne n'en veut. La pub, la com, ça emmerde tout le monde.

Kevin vous invite à suivre Koober : pas le temps de lire ? Les meilleurs livres résumés en dix minutes, allez à l'essentiel

Au travail, ça va. Jordan m'attribue une fantastique mue. Il m'appelle new man ou Newman, je ne sais pas, et ne cesse de poser sa main dans mon dos avec une tendresse qui confine parfois à la pitié.

Là aussi je réussis quelques beaux apprentissages : deviner l'heure à laquelle Jordan part manger, détecter le seuil de sincérité dans les indignations de mes collègues, prédire le nombre d'emails que je reçois dans la journée, les notifications sur mon portable, la courbe de croissance des followers Marlboro et IQOS. J'éprouve le très agréable déploiement de mon sixième sens.

✉ Vous avez 237 mails non lus

Et je fais l'amour avec cette fille des RH, Cléa. Elle n'est pas trop mon genre mais elle a une vraie envie. Son désir est bien droit, bandé sec, ça la fait franche et sans détour. Il y a quelque chose de bestial en elle. C'est très rare. Souvent les filles demandent à se faire convaincre, elle non. Elle est convaincue pour deux, c'est elle qui me baise.

Et quand elle a terminé je prends mon téléphone sur la table de nuit et me rince à la dopamine. Double ration. Et avant de dormir je lui mange des Chocapic sur les seins qu'elle a tout petits. Je grogne et elle rit. Je me comporte comme un animal mais elle s'en fiche. Et moi aussi je m'en fiche, d'elle et de tout le reste. Je deviens une bête.

Et quelquefois, quand elle dort, je fais une expérience. J'essaie de voir si son instinct est meilleur que le mien. Je cache un œuf sous son oreiller, fais cuire un peu de lard que je lui dépose sous le nez ou essaie d'imiter le brame du cerf depuis la salle de bains. Mais elle ne ressent jamais rien, ne remarque rien, elle est encore plus éteinte que moi, je crois.

🔔 Lucas V a réagi à votre commentaire « Capitou loading, je me réjouis d'écouter AKH sur la route avec toi poto »

Pour déployer notre campagne worldwide, on se connecte en visioconférence *via* Zoom avec nos succursales et partenaires dans le monde. Les meetings durent plusieurs heures. Des heures assis face à un écran, des heures passées en deux dimensions. Mes yeux cherchent un angle sur lequel s'accrocher, mais tout n'est que platitude, 19 pouces lissés comme une peau morte, tendue comme le cuir. Jamais je ne parle, j'écoute. Les pseudonymes rabattent leurs arguments, le chat fait défiler ses caractères.

Les heures passent, des heures mortes. Elles sont molles, sans consistance, vides. Il y en a des longues et d'autres qui paraissent minuscules, dans un temps insaisissable, un néant absolu. Des heures qui s'empilent, fondent les unes sur les autres et traînent là, sur ma face, avec les cernes et les petits boutons gris que fait la lumière bleue sur ma peau.

Dans ces moments-là, j'ai envie de mourir, et pourtant Jordan est béat : ma semaine a été brillante avec plus de vingt et une heures de visioconférence, un taux de rebond qui a baissé de 10 %, notre shifting de Brick and Mortar vers une optimisation SEO qui avance plus vite que prévu, la réduction des Code 200, des CTR excellents, l'augmentation du link juice, des communautés engagées et fédérées autour de hashtags bien choisis, bref, que d'excellents KPI's. Bravo new man !

Il conclut ce feedback en me proposant de faire un tennis avec lui vendredi. Improbable invitation qui provoque mon épatement : mon âme nouvelle me feraitelle accéder aux hautes sphères ? J'accepte avec gaieté.

À vrai dire, ce tennis ne pouvait mieux tomber, la famille Wagner n'ayant cessé de me relancer pour leur cérémonie, leur chagrin, leur épreuve. Ils comptaient sur moi, semble-t-il, pour être là ce même vendredi, afin de remplir des documents, de rappeler quelques anecdotes. Mais moi, je n'ai pas besoin d'eux pour essayer de raviver ma mémoire. Souvent, le soir, je regarde la photo de Grami et essaie de rafistoler quelques bouts de souvenirs.

🔔 @jordan_the_man a mentionné votre nom dans un post : Team Marketing really rocks at @pmi_Summit in Lausanne ! Thanks to everyone @cute_Lola @ross_Love @czar.pasqua @champagne_Lover @swissboy_X @son_of_Gaia #dreamteam #bestjob #livingourbestlife #dontgiveup

Pas de cérémonie avec les Wagner, donc. Va bien. Mais je dois faire face à un autre emmerdement que je n'ai cessé de repousser : la paperasse. Depuis l'incendie, mon courrier est gardé dans une boîte postale de l'administration de la ville de Lausanne. C'est un lieu d'une laideur infâme. L'empilement de cases postales fait penser à une immense feuille Excel grise et noire, un mur monstrueux, un espace mort. Ci-gît le bruit sourd du monde, son incessante complainte, ses milliards de lignes de caractères déraisonnables, ses règlements, ses contrats, ses testaments, toutes ses mentions inutiles.

Boîte de Pandore, ma case déborde de publicités, de lettres, de recommandés, que des courriers destinés à me donner la nausée ! La couverture incendie exige un inventaire, AXA me demande de remplir cinq formulaires, la police ne cesse de me convoquer, la commune me suggère de prendre rendez-vous pour aller identifier ce qui est récupérable dans les décombres, une dizaine d'entreprises me proposent leurs services, ceux-ci promettent de me reloger en deux jours, ceux-là de reconstruire mon bien immobilier, c'est un tintamarre époustouflant.

On m'invite à faire la liste de tout ce que je possédais. Cases à cocher : revêtement de sol, parures de fenêtre, luminaires, tables basses, tables debout, tables d'appoint, tables de nuit, coffres, ustensiles de foyer, miroirs, vaisselier, argenterie, nappes, bahut, banc, armoire à pharmacie, serviettes, pèse-personne, cuisinière, réfrigérateur, four, micro-onde, congélateur, cafetière, robot, grille-pain, broyeur d'ordures, casserole, livres, laveuse, sécheuse, chasse-neige, aspirateur, établi, outillage, instruments de jardinage, mobilier de jardin, barbecue, appareils de sport, bagages, valises, machine à coudre, lit, matelas, draps, édredon, oreiller, commode, bureau, étagères, radio, sièges, téléphone, cosmétiques, vêtements, manteaux, chandails, bottes, gants, chapeaux, boutons de manchettes, robes de mariée, montres, ceintures, fer à repasser, planche à repasser, fournitures pour hobbies, skis, ballons, bâtons, raquettes, bateau, vélo électrique, paddle, clubs de golf, sac de golf, instruments de musique, ordinateurs, disques durs, enceintes, chichas, guirlandes, arbustes, lanternes, plantes, climatisation, humidificateurs, jeux, consoles, drones, autres.

Devant cette abondance, sous un ciel irréel, sur une dalle de béton absurde, je ne trouve pas la force nécessaire pour prendre les choses en main. Ni pour prendre les choses d'aucune autre façon, d'ailleurs. Je ne les prends pas, tout simplement. Je les laisse là, les choses, dans leurs habits de papier et d'encre. Qu'elles reposent en paix.

✉ Vous avez 271 mails non lus

Au tennis avec Jordan, je frappe fort et dur, sans concession. Je joue un peu brutalement et manque parfois de fair play, mais il faut me comprendre : quelle jubilation de frapper sans retenue, de pivoter à 360 degrés, de mettre une gifle monstrueuse à cette balle.

Quelle joie de sentir mon corps fonctionner correctement. L'alignement entre mon dos, mon bras, mon poignet, la raquette et la balle est idéal. Là-haut, mon cerveau calcule la profondeur, la trajectoire, le souffle du vent, la température de l'air, et tout fait sens, l'incrémentation est parfaite.

Mes coordonnées sont excellentes alors je frappe, j'épuise cette boule jaune vif, la compresse de tous mes muscles, la déforme à ma guise. Ma machine connaît les lois de la physique, elle anticipe, réagit à la milliseconde ; mon aisance est une évidence légère et formidable. Sentiment de sauvagerie monumental, cerveau reptilien, sixième sens, apprentissage millénaire, j'appréhende chaque dimension comme un animal affûté. Je devine où va tomber la balle, quel rebond elle mérite, son angle de rotation, sa vitesse, sa courbe. Je suis un Pythagore, bestiole préhistorique, bête instinctive, génie naturel.

Écoutez le nouvel album de Oscar and the Wolf - The Shimmer

— Quelque chose te travaille, new man ? demande Jordan.

— Non, pourquoi ?

— J'sais pas, tu joues dur. C'est l'incendie ?

— Euh, non.

— T'es sûr ?

— Ben pourquoi ?

— Tu joues dur.

— Ah bon. Ben je joue comme ça tout le temps, quoi.

— Sûr ?

— Ouais.

— Non, tu joues vraiment dur. Crois-moi. Mais c'est bien, hein, c'est bien.

— OK d'accord, ben merci.

— C'est pas un compliment, juste une observation.

— OK.

— Ça me rassure, tu sais ?

— De quoi ?

— De te voir avec la pêche, comme ça.

— Ouais.

— C'est bien. Je retrouve mon jaune-rouge, là. Mon César.

— Ouais, peut-être.

— C'est bien, c'est bien. Tu peux pousser un peu ton rouge au boulot aussi, tu sais.
— OK, ben d'accord.
— Non mais vraiment, je suis content.
— Ouais.
— Allez, profite bien de ta soirée new man.
— Vas-y OK, bonne soirée.

Il me fume avec ses questions, lui.

🔔 Escape_Room_Lausanne vous invite à l'événement #Metoo - les femmes sauront-elles sortir du labyrinthe patriarcal ?

Aux alentours de 20 heures, je rentre à l'appartement. Je crois que Jordan a raison. Que je suis un homme quelque peu nouveau. Et la douche n'a pas endormi cette curieuse créature qui sévit sous mon épiderme. Je me sens toujours plus différent, comme atmosphérique, globalisé, connecté. Mes sens sont en éveil, rien ne m'échappe. Mes instincts sont tranchants, catégoriques. C'est très agréable.

J'ouvre la porte de l'appartement et soudain : Supriiiiise ! Il doit y avoir une dizaine de personnes qui me sautent dessus, la tronche en fanfare. Suuurpriiise ! ça continue.

Réflexe violent : je tente de repousser le premier qui s'approche de moi.

Ben alors ! qu'ils s'exclament dans un éclat hilare. Une banderole me renseigne sur leurs intentions : *On « brûle » d'en savoir plus*. Lola confirme : on voulait te faire cette surprise pour fêter notre coloc et que tu nous racontes la détox !

Les cons !

Barjos, collègues et métèques sont là, ivres caisse ; leurs corps désarticulés tressaillent de plaisir, voûtés et aberrants de disgrâce. Ils sont très fiers de leur idée, si j'en crois les pouffements et les hoquets de contentement.

Sur la table, il y a un mot de Jordan qui se félicite d'avoir fait diversion avec le tennis. Il assure que c'est Philip Morris qui offre le traiteur et me souhaite une belle soirée. Bien, les jeux sont faits, rien ne va plus. Je reconnais quelques tronches.

Karl : trente-deux ans, SEO-SEA specialist, en NoFap depuis deux mois, pick up artist le week-end. Regard étrange, manifestement déjà ivre, peut-être celui qui couche avec Lola. Baskets Fila, chaussettes blanches, léger strabisme.

Alicia : la trentaine, influenceuse, *boumboumbrown* sur Instagram, trente mille followers dont 90 % de faux. Air profondément bête, narcissisme maladif et béant. Clébard pour marques de fringues, de maquillage et d'aspirateurs. Faux seins, ongles jaunes, attitudes excessives. Connasse.

Ross : trente-cinq ans environ, copywriter, accro à la weed et soul searcher. Polyester, Nike air, amateur de développement personnel et des TED Talks.

A marché sur les braises et fait un selfie avec Tony Robbins. Soucis capillaires.

Yves : trente-six ans, brand manager, champagne lover et modèle autoproclamé. Envoie 50 GIFS par jour. Ne rate aucun festival Tomorrowland et aucune soirée en boîte de nuit. Adore l'époque, n'a aucun sens critique ni aucune culture générale. Blondinet. Beauf.

🔔 Chloe Kian vous invite à l'événement Practice self-love, cultivate presence and peace of mind

L'emmerde est qu'on se ressemble, eux et moi. Pas complètement, bien sûr, mais leurs obsessions, leurs affections, leurs routines et leurs ignorances sont aussi les miennes. Je les juge détestables mais suis certain de l'être un peu moi aussi. On vit le même drame, la scène est à nous, tombent les masques et les perruques, défilent les figurants, plus rien en coulisse, on arrive au terme du dernier acte, et le public a trouvé tout ça trop bruyant et un peu superficiel.

🔔 Courez pour la bonne cause avec Run for the Oceans. Chaque km = 1 $. Joignons nos forces pour changer les choses

Je descends deux cocktails bien tapés et m'éclipse dans la salle de bains pour me rafraîchir. Ma gueule est bizarre dans le miroir, j'ai l'air paumé du mec qui n'a pas la réponse à la question : est-ce sain d'avoir davantage de sujets de discussion en commun avec cette influenceuse d'une bêtise épouvantable qu'avec David le paysan ?

🔔 boumboumbrown a mentionné votre nom dans un live : #detox en live mes chouchous avec @czar.pasqua Troooo impatiente

✉ Vous avez 5 messages non lus et deux appels en absence

La famille Wagner a essayé de me joindre. Finalement, ils m'ont fait un mail : ils regrettent mon absence, sont déçus. Un document électronique à signer est joint à leur envoi, une attestation de résidence ou quelque chose comme ça qu'ils doivent remettre à leur notaire pour l'héritage, l'assurance vie. Paperasse encore. Ils disent qu'il y aura peut-être un petit pécule pour moi.

Faire de l'argent avec un fantôme, c'est tout à fait dans l'air du temps. Influenceurs, followers, likes, vues, le royaume digital est peuplé de chimères. On sculpte nos nuages avec du vent, c'est comme ça.

Je *e-signe* leur document, les remercie et classe l'affaire. Marre de la paperasse, des Wagner, des fantômes et des putains de happy endings, là tout de suite j'ai une vraie envie de forêt. Je veux revoir la pierre mousseuse, trouver ces saletés d'animaux et me battre avec chacun d'entre eux.

🔔 Bitcoin (BTC) + 3,2 % ($39'213.92) in the last 52 mins

Au salon tous m'attendent. Gary vient d'arriver, un bouquet de fleurs dans la main. Putain, Gary, t'assures ! fait Lola. De ouf, toujours avec des fleurs, toi... c'est pour moi ? susurre l'influenceuse.

Gary, ce crevard du service RH. Il a bientôt baisé tout le monde chez PMI. La seule chose que tous les départements ont en commun c'est lui, sa semence, qui s'écoule dans le bas-ventre des stagiaires. César ! Poto ! Alors cette expérience de ouf ? il embraye, déposant son bouquet sur les jambes de l'influenceuse.

🔔 Exclusivement pour vous : gagnez un voyage en Polynésie. Tentez votre chance immédiatement !

Je descends deux autres Long Island pendant qu'ils m'interrogent.

— Vas-y c'est quoi genre la première chose que t'as faite quand t'as retrouvé ton phone ?

— T'as des oufs cheveux, c'est quoi ton shampooing ?

— Y avait même pas Netflix ?

— En vrai, t'étais en mode survivant ?

— Elle est classe, la cabane ? Sérieux, vas-y, y a moyen de se faire un week-end tu crois ?

Les questions fusent. L'influenceuse me tourne le dos, elle nous filme : elle au premier plan avec son bouquet de merde et une duckface, moi derrière, *#detox*.

Je n'ai pas trop envie de répondre à tout ça mais par contre je sais d'où viennent les fleurs de Gary. Depuis plusieurs semaines, il emballe tout le monde avec son bouquet journalier et les filles le disent élégant, mais moi je le trouve dégueulasse. C'est à ça que je pense et pas à leurs questions ni à ma détox.

— Hé, Gary, dis voir, tu les prends où, tes fleurs ? je demande.

— Pourquoi tu veux savoir ? C'est pas important ! dit Lola.

— En tout cas elles sont trop trop belles, merci ! continue l'influenceuse.

— Demande-lui d'où elles viennent alors, je fais.

— Vas-y, on s'en fout, non ? interrompt l'un des autres types.

— Tu veux pas nous dire, Gary ? je poursuis.

— Nique pas l'ambiance, frère, il me fait.

— Moi, je sais d'où elles viennent, tes fleurs !

— Arrête, j'te dis ! C'est à cause de Cléa ? T'es jaloux ?

— De quoi tu parles ? Rien à voir.

— Si, Cléa, elle veut plus de toi, t'es trop chelou.

— N'importe quoi.

— Elle m'a raconté : tu lui fous des œufs ou des bouts de viande dans le lit quand elle dort, là, j'sais pas trop quoi, ce que tu fous. Tu hurles à la mort dans la salle de bains. T'es un malade.

— Sérieux, tu fais ça ? demande l'influenceuse.

— Peu importe, je reprends. T'es pas mieux. Tes fleurs, là, je te dis que je sais d'où elles viennent. Vrai ou pas qu'un jeune s'est planté en moto par chez toi cet été ?

— Quel rapport ? Vas-y, on revient à la détox ou quoi ?

— Vrai ou pas ?

— Vas-y, j'me casse ! T'es un malade mental, faut te soigner ! il me fait, et il reprend son bouquet et tourne les talons.

Les autres me font des gueules de trois mètres de long. Alors j'explique, vite fait. Je leur dis que les fleurs de Gary viennent du petit mémorial sur le bord de la route, derrière chez lui. Je l'ai vu faire. Il se sert là, dans un des vases qui entourent la croix, entre les bougies, les bibelots et les photos de ce jeune qui s'est tué là en moto début juillet. Et alors ? ils me répondent. Il les offre à d'autres, ces fleurs, il les garde pas pour lui. Il a pas de mauvaise intention !

Et c'est plutôt l'histoire de Cléa, qui les intéresse. Mais pourquoi tu mets de la viande dans son lit ? T'as mis des œufs sous son oreiller ? Mais c'est creepy !

J'me dis qu'ils sont quand même bien à l'ouest. Et je sens que ça monte en moi. Que ça effleure la zone rouge. Je me lève. Qu'est-ce que je fais ici ? Avec ces cons ? Ce Gary qui repart avec ses fleurs les offrir à une autre, le claquement des ongles en plastique de l'influenceuse sur son portable, l'artificialité de tous ces abrutis, c'est chaud. Et il y a aussi la paperasse, les hashtags, la défaillance de mon sixième sens, Grami, le fer à repasser, l'incendie, les animaux, l'odeur de vache, Philip Morris, la détox, le tennis, tout ça. Ouah, c'est difficile de résister à ce bordel. Et le plafonnier nuage d'IKEA leur fait des gueules toutes claires et blanches, comme des gosses. Alors ? Réponds ! ils me font. Et la playlist *The Good Life Chill Mix* sur YouTube est interrompue par une publicité pour Zalando : *Adieu les stéréotypes, bienvenue les zérotypes* ! Je me gratte un peu la tronche, essaie de me contenir, regarde mon téléphone.

🔔 Agnès vous invite à l'événement « Marguerite ou la vache pleine de conscience : cultiver la bienveillance et l'écoute de l'autre »

J'ai un peu chaud, dans ma tête des trucs défilent. Je vois les bottes du forestier, le pick-up du paysan, la gueule cramée de Grami, des conneries. J'enlève mon survêtement.

Les autres discutent : Hé, à part ça, tu savais qu'en fait les poules mangent des souris ? Sérieux, en entier ? Avec la fourrure ? Ouais un pote m'a dit ça l'autre jour au Pavillon, j'y croyais pas.

L'influenceuse relance son *live* sur Instagram et s'arrange les cheveux. Je descends un verre encore, et puis ça sort comme ça :

— Vous êtes bien cons, tous.

— Y a un problème ? demande Lola.

— No problem only solution ! me fait Yves, le blondinet, en levant son verre de champagne Charles-Bertin.

— Vous remarquez rien ? Ces maux de ventre, là, dont vous parlez à chaque pause de midi, c'est pas le gluten, hein. C'est pas l'estomac. C'est cette vie qu'on mène qui nous fout la nausée et…

— Ouhlaaaa, Madame est enceinte, attention, elle va accoucher d'une grande idée ! se moque encore le blond.

— Hé, chill, il parle avec son cœur, là, c'est bien, frère, vas-y, dit Ross. Qu'est-ce que tu veux dire ?

— Ouais, pis tu dis pas Madame comme ça, c'est bon quoi, espèce de macho ! s'indigne l'influenceuse.

— J'sais pas, j'ai l'impression qu'on erre comme à travers un néant infini, j'embraye.

— Ce meeeec ! fait Yves.

— Vous sentez pas le souffle du vide ? je continue.

— Euh… ben… ponctue l'influenceuse.

— Putain, on est aliénés, vous le voyez pas, ça ? On parle n'importe comment, dans un franglais dégueulasse, on fait pitié, non ?!

— Donc voilà, le mec a pété un câble dans sa cabane, vas-y, je vous l'avais dit ! Gro, dis-nous aussi hein, si c'est toi qui as foutu le feu à ton immeuble ! T'es en mode teubé mec ou quoi ?

— Ta gueule Karl, je réponds.

— Ouais, ta gueule, accuse pas, on n'en sait rien, OK ? ! fait l'influenceuse.

— Qu'est-ce que tu veux dire, César ? reprend Lola.

— OK on y va : tu connais tes voisins ?

— Euh, ouais. Mais quel rapport ?

— Leurs noms.

— Genre quoi, leurs noms ?

— Vas-y, ils s'appellent comment ?

— J'en sais rien, c'est mes voisins, quoi.

— Je vais te le dire, moi : là, les Tribolet, au fond les Tille, en dessous y a les Velkov, Baudrier et Vodovozova.

— Vodo quoi ?

— T'en veux encore ? Je les connais tous.

— Et alors ?

— Alors tu te sens pas un peu conne ? (Je suis méchant, là.)

— Oh, descends d'un ton, mon gars ! Tu nous emmerdes, là ! me coupe Karl.

— Ouais, vas-y, ta gueule ! Lola t'a rien fait ! relance l'influenceuse.

— Toi, je te conseille de rester en dehors de ça, j'avertis (sans même la regarder).

— Ah oui ? Et je peux savoir pourquoi ? elle me répond en se levant et en avançant vers moi.

Elle mâche un chewing-gum Hollywood à la fraise.

— C'est juste un conseil (toujours pas).

— Non vas-y, ça m'intéresse.

— Regarde-toi, putain. Regarde-toi ! T'es entourée de fantômes, tout est faux chez toi, tes seins, tes followers, tout. T'es complètement vide, je te regarde et j'ai envie de chialer, meuf… Tu fais la pute pour tes marques, là, tu te crois libre mais t'es en taule, t'es enchaînée à tes applications, à tout ce vent, toute cette merde. T'es vulgaire et malheureuse, mais tu t'en rends même pas compte…

— Mais ce mec est un gros connard, en fait !

— Vous vous rendez compte que cette pétasse risque de traverser la vie comme ça ?

— Comment, hein ? Comment je vais la traverser la vie ?

— À genoux ! À poil ! Cul nul dans l'herbe, paumée.

— Vas-y laisse-le, il est jaloux, dit Karl. Il pète son câble. Il me fume, il passera pas brand manager s'il continue comme ça. Il est en mode connard.

— Il est où le nord ? je poursuis (la colère monte).

— T'as pété un câble de fou, toi ! T'es qu'un frustré ! elle conclut en allant se rasseoir, bras croisés.

— Laisse tomber, frère, me fait Ross en s'allumant un pétard. C'est une question d'énergie, mec. T'es pas aligné, ça circule pas. On le sent, gro.

— Arrête, tu sens rien du tout, t'es une baltringue, toi.

— Je sens des vibes. Des vibrations.

— Y a pas un seul de vous qui sait me dire dans quelle direction est le putain de nord ? Les petits génies, là ! Réveillez-vous ! On passe à côté de la vie, vous voyez pas ça ? Non, bien sûr, vous êtes trop teubés là, trop aliénés, trop heureux de jouir de votre existence artificielle et médiocre (je postillonne un peu). Putain… Et les gens qui vivent autour de vous, vous les voyez ? Vous vous intéressez un peu à eux ? Sans déconner. Merde, on est devenus fous les mecs, le monde est…

— Il est sérieux, ce connard ? demande Karl.

— Vous êtes artificiels, tous.

— Et pis alors ? Tant mieux ! font Karl et Yves. Tu vas nous faire ton petit retour à la nature, là ?!

— Pauvres types.

— Vas-y t'as vu Jésus mon gars, ou quoi ? s'enflamme Yves. Le mec devient réactionnaire sur le tard, quoi. Belle blague ! On connaît la chanson, mec : c'était mieux avant et compagnie. Vas-y, va te faire foutre, moi j'ai choisi mon camp : on a jamais vécu si bien que maintenant, l'espérance de vie est énorme, si tu veux crever de syphilis à quarante ans retourne au XIXe siècle ! Bâtard wesh ! il conclut en se tournant vers ses potes, la main levée pour un high-five.

Et je remarque son blaser en polyester noir trop petit qui lui remonte sous le nez quand il lève le bras.

— Boire ton champagne de merde dans des bars à la con et faire quinze stories par jour pour baiser des malheureuses, c'est ça ta belle vie ? Mais putain, mon con, mais regarde-toi, personne n'en veut de ta vie, tu fais honte (rien à perdre).

— Tu t'es vu, fucking shrimp ? Avec ta minuscule gueule de minet et ton gros nez de bâtard.

— Pas le physique ! Putaaain… peace quoi… siffle Ross dans un soupir.

— Et t'as l'air d'un con avec ta frange, je continue, en m'adressant au blondinet.

— Ferme ta gueule, sérieux. T'es tout en bas de l'échelle, tout le monde se fout de toi et de ta petite vision du monde. Fucking shrimp !

— T'as l'air d'un sacré con, crois-moi, avec ta petite gueule toute propre, là, et ta dégaine de clown !

— Vas-y, j'le défonce !

Jusqu'ici, je crois que tout le monde espérait encore que la soirée tourne bien. Mais là, je franchis le Rubicon. Lola est en pleurs, deux ou trois bonshommes se lèvent et viennent vers moi. Peu importe, je m'en fous, je suis prêt à me battre. Ma raquette de tennis est derrière le canapé, je suis chaud.

— Y a pas que toi, Justin Bieber, détends-toi… (je me tourne vers le reste des invités)… Lola, mon chou, pose ce téléphone qui va te rendre folle (je suis sincère). C'est pas lui qui va te mettre enceinte, tu sais ? Il faut un homme pour ça.

— À quoi tu joues, mec ? Tu veux vraiment te faire péter la gueule ? menace Karl.

— Je veux qu'on se réveille ! Tous, là, putain, qu'on se réveille ! C'est pas des vies, qu'on a. Ça n'a aucun sens ! Tout est artificiel, on touche plus terre. On flotte dans le virtuel, nos instincts sont éteints, on ne ressent plus rien, que dalle. Comme toi, Ross, t'es un pauvre type, mec, t'as besoin de fumer toute la journée pour supporter ta vie minable, mettre à jour un site internet, terminer ton bouquin de développement personnel à la con. Tu réalises que t'es un guignol ? Si t'arrêtais de planer deux jours, tu le verrais.

— Casse-toi ! J'te promets, en vrai casse-toi ! menace Yves.

— J'ai rien à faire avec vous, les mecs.

— Nous non plus ! ils disent.

— Sans déconner ! j'dis.

— Sans déconner ! ils disent.

— Vous êtes pas méchants, pas mauvais, juste endormis, quoi. Et c'est même pas votre faute. Vous faites juste pitié, en fait.

Là, le blondinet à frange me met une droite. Je reste debout. J'ai pas appris à me battre mais quelque part dans mon cerveau reptilien dorment de vieux réflexes. Alors je cogne, griffe, j'y vais franchement. Je réveille de vieux gestes, convoque ma part d'animalité.

On tombe sur la table basse et explose les verres et plateaux de bouffe. J'essaie d'attraper ma raquette de tennis pour le finir mais l'influenceuse me plante son talon dans le bras. Le Charles-Bertin me coule dans le dos, on se roule dans le houmous et les olives bio. Dur d'évaluer si les autres essaient de nous séparer ou de participer. Même Ross saute dans le tas en hurlant à la mort. Tout le monde frappe tout le monde. Je crois qu'on se déteste tous, en fait. Tout ça libère beaucoup de bestialité, les corps transpirent et saignent, des cheveux sont arrachés, les hypophyses gonflent, ça sent la réalité, le concret, la vraie vie.

Après un moment qui m'a semblé trop court, on se relève tous. Je saigne un peu de la lèvre et le blond a carrément un doigt pété. J'vais te détruire ! il menace, avec une grimace qui déguise à peine son envie de chialer. Allez, barrez-vous, je dis, et je rentre dans ma chambre préparer mon sac.

🔔 Fréquence cardiaque élevée. Votre fréquence cardiaque a dépassé 100 BPM alors que vous sembliez être au repos depuis dix minutes

Il faut que je parte, que je prenne l'air. Et je dois éviter les flics qui vont encore m'emmerder avec leurs histoires. J'embarque le peu de matos que j'ai et vais retrouver Lola au salon.

🔔 Fréquence cardiaque : votre cœur présente des signes d'arythmie suggérant une fibrillation auriculaire. Si aucun professionnel de santé ne vous a diagnostiqué une fibrillation auriculaire, nous vous conseillons d'en discuter avec votre médecin

Les autres sont partis en vitesse. Hé non, tu restes là ! me fait Lola entre deux sanglots. Je lui demande pardon et lui explique que je dois me casser, que plus rien n'est possible, ici. Elle essaie de me retenir, me suggère de contacter sa coach de vie ou de commencer la méditation en pleine conscience. Ça part un peu dans tous les sens. Les larmes lui font la peau rouge et enflée. Pendant un instant je la trouve très jolie mais je me dis que c'est pas la question. Finalement, je la serre contre moi – je ne sais pas pourquoi je fais ça – et je me barre.

🔔 Votre chauffeur est en route. Adbul (4,6 étoiles) arrive dans environ deux minutes

En bas, Abdul me demande : Vous êtes sûr de l'adresse ? Oui, je dis. Montricher. C'est à une demi-heure.

🔔 Vous avez quitté le groupe WhatsApp « PMI LOL MDR »

7

J'ai pris le temps d'assassiner
l'adolescence, mama
(Na-na-na, hi-yeah)

De mes cendres viendra sûrement
la renaissance, mama
(Na-na-na, hi-yeah)

Nekfeu, « De mes cendres »

— Ici, vous êtes sûr ? me fait Abdul.

— Oui, attends, je vais voir si je peux ouvrir la porte.

Je sors de la voiture. La cabane PMI Détox est éteinte. J'essaie de forcer la porte, mais elle est verrouillée de partout, rien à faire. Derrière, Abdul me fait les phares, s'inquiète. Le mec doit être pris entre l'envie de se tirer et la crainte de voir sa note passer sous la barre des 4,5 étoiles. Alors il reste là, moteur allumé, fluctuant.

— T'as pas un pied de biche ou quelque chose dans le genre ? je lui demande.

En trente minutes on a eu le temps de sympathiser.

— Non m'sieur, il me répond.

Et il démarre en trombe.

— Attends ! je lui fais, mais ses pneus font un boucan de dingue sur les brindilles et les cailloux.

Là, les deux yeux de sa Mercedes giflent la forêt d'un long revers et allument une dizaine de billes scintillantes entre les troncs et les fourrés. Il doit y avoir cinq bestioles, au moins !

Abruti ! Reviens ! Tu crains quoi ? Hein ? T'as vu quoi dans le faisceau de tes phares ? Quelques pupilles, et alors ? Combien y en avait ? Dis-moi ! Combien d'animaux ? À quoi ils ressemblent ? Qu'est-ce qu'ils veulent ?

🔔 Merci d'avoir voyagé avec Abdul (4,6 étoiles), vous pouvez maintenant évaluer votre course et ajouter un pourboire ou un compliment

J'allume la lampe de poche sur mon portable et fais quelques tests. Orientée vers mes pieds, elle éclaire à peine. Projetée en direction de la forêt, elle fait briller ce qui ressemble à des yeux de bison ou de taureau. Vers mes pieds : rien. Vers la forêt : animaux sauvages. Pieds : nul. Forêt : panique.

Alors je cours, détale, essaie de suivre la lumière blanchâtre de la lune. J'arrive dans une clairière. Et au loin, Montricher. Mais ça grogne un peu derrière moi. Je me retourne : rien. Pourtant, ça continue, comme si une bestiole raclait le sol avec ses griffes ou son groin, quelque chose de très sauvage.

Je cours encore. Vieux con que je suis. Le tennis m'a flingué les jambes. Je coupe à travers champs mais un troupeau de sangliers est à mes trousses, c'est sûr. Je les sens renâcler, froncer leurs poils bruns, crever la dalle. Leurs sabots claquent sur la route et leurs cornes acérées incisent le goudron.

Je sprint. Je lève les genoux si haut que j'ai peur de me les prendre dans les dents. Les lueurs dorées de Montricher vibrent à l'horizon. J'ai plus de souffle, et pourtant je fonce, ça me traverse comme une crise d'épilepsie, le claquement d'un fouet. Pleins poumons, corps-machine, Usain Bolt, *4x100*, *Guinness World Record.* Et puis, enfin : entrée dans le village, Deux Sapins, bouquet de fleurs.

🔔 boumboumbrown a mentionné votre nom dans un post : choquée de l'attitude de @czar.pasqua qui a insulté mes ami.e.s ce soir et ne doit plus oser se regarder en face. #respect #proudtobeme #girlpower #H&M #Dyson #pasdepertedaspiration

Je m'arrête enfin. Sur les toits, la lune est comme un sesterce. Pas un chat dans la nuit coulante. Pas un bruit. Ô Montricher, petit village, toi qui n'es pas grand-chose, quel bien tu pourrais me faire !

🔔 Marie, Laurence, Bernard et 19 autres personnes vous invitent à jouer à Candy Crush Saga

Bon, Les Deux Sapins ont une chambre libre. C'est là que je m'enfonce pour la nuit, entre les lattes de bois et le crépi, sous cloche. Il me faut bien ça pour ce soir, j'ai trop bu et mon esprit exige du repos, il doit dégonfler.

🖂 Vous avez 312 mails non lus

🔔 Vous avez 12 appels en absence

Au matin, je suis calmé. C'est étrange d'être ici. Il n'y a aucun bruit ni aucune activité. Pour une raison étrange, beaucoup de choses semblent possibles.

Rien ne me manque. Surtout pas ces clowns et leurs costumes. Je veux avancer. C'est ce qu'il me faut : avancer. Ne pas battre en retraite, ne pas y retourner. Le cirque peut continuer, mais sans moi. Je le promets.

Au petit déjeuner, je fais davantage connaissance. Ils veulent plus de toi chez le cigarettier ? C'est bien la première fois qu'on en a un qui revient nous voir ! Et tu vas t'installer ici pour faire ton marketmaking, là ? Je n'ai pas de réponse à leurs questions, alors je les interroge à mon tour. J'aimerais revoir le paysan de l'autre jour, David.

Christelle le connaît. C'est le type avec les plus belles vaches, qu'elle dit. Un gars super, éduqué, calme et tout. Et il prend des stagiaires, des Polonais, des types un peu paumés.

Elle me donne son numéro, je l'appelle et rendez-vous est pris : je commence lundi. Des petits boulots, j'ai demandé. Sans salaire. Juste quelque chose au grand air, tout près de la nature, et avec les vaches. C'est ça que j'ai essayé de négocier comme condition :

je veux être avec les vaches jusqu'à prendre leur odeur, penser comme elles, ressentir comme elles.

🔔 Patrick Favre vous a envoyé un Poke depuis Oberkampf

Le lundi, David vient me chercher aux Deux Sapins. Il est genre 4 h 45, ouah, je suis à la ramasse. Qu'est-ce que je fous là ? La rosée fait scintiller son pick-up dans la nuit. Tout le reste n'est que silence et attente. Comme si, à ces heures nocturnes, vraiment rien ne pouvait arriver. Pour vivre, aimer, médire ou travailler, on attendra bien quelques heures encore. Il n'y a guère que la traite, qui ne peut attendre.

— Les vaches sont pressées ? je demande à mon chef.

— Non, c'est le bonhomme qui vient pomper le lait qui n'attend pas. Les vaches, bon… il faut juste les traire deux fois par jour, hein.

— Il vient à quelle heure ?

— 7 heures. Parfois un peu avant… On va passer à la maison t'habiller un tantinet.

David habite La Coudre, un village très étrange, une seule route en épingle qui monte vers Mont-la-Ville, autre étrangeté. On ne fait aucun bruit pour ne pas réveiller ses enfants et sa femme. Il m'a préparé une tranche de pain, un carré de chocolat, une salopette, une paire de bottes. Tout bien. Son visage fatigué est traversé d'un peu d'amusement quand il me regarde, il doit me trouver adorable. Ou ridicule.

On roule jusqu'à Mont-la-Ville et ne croise personne. Devant une maison en bois on s'arrête et on attend.

Rien n'est dit, il n'est pas nécessaire de parler. Tout est déjà là, entre nous, le noir et le gris, la fraîcheur, la rosée, la buée, la fatigue, la langueur, le sentiment d'être attendu ailleurs, d'avoir la journée devant soi. On est des sortes de clandestins, j'ai l'impression qu'on prépare un mauvais coup.

Un type encore bien endormi émerge dans l'opacité, décroche une casquette du mur, enfile une paire de bottes et vient vers nous. On se serre une main froide et molle, il s'appelle Lucasz, a un accent. Là encore, rien d'autre n'est dit. On réserve nos forces pour les bêtes, les champs, les machines et les travaux physiques. Ça me va.

La ferme est en bas du village. On se gare et le rythme accélère soudainement. Lucasz s'en va vers l'horizon obscur, bâton à la main. Commence alors une partie de touché-coulé entre David et moi : je ne cesse de chercher un emplacement pour mon corps, un recoin dans lequel je ne sois pas dans ses pattes ou sur son chemin. Il est un homme bon et m'explique bien des choses, s'efforce de faire mon apprentissage. Mais je suis maladroit, déphasé, catastrophique.

La station de traite est tout à fait technologique : écrans, câbles, fils, tuyaux et boutons. Une zone est réservée aux humains, au centre, là où le sol est rabaissé d'un mètre environ. Autour il y a six cages, si je peux dire, juste assez vastes pour accueillir une vache chacune. Lucasz va les chercher dans le champ, derrière… 'pis après elles viennent là, une à une… tout est automatisé, il m'explique.

La lumière blanche des néons clignote, tremblote. Moi aussi, je tremblote. Les meuglements se rapprochent jusqu'à cogner contre les deux portes en bois qui séparent notre abri laitier du reste de la ferme. Il y a des cloches, et ce vacarme me tient bien éveillé dans ma salopette bleue très propre.

On est prêts ! s'exclame David – on annule tout et on rentre ! j'ai envie de dire –, et les portails s'ouvrent. Il est 5 heures du matin et on attend une bonne cinquantaine de ces créatures. Je prends des airs pas trop angoissés, ébauche quelques sourires. Entrent alors de colossales bêtes noires et blanches, dans un vacarme fantastique. Elles s'avancent lentement, paraissent lasses et habituées du fait mais aussi prêtes à se comporter d'une façon très innovante. Comme elle te connaissent pas tant, l'une ou l'autre va se voir surprise de te trouver là ! me dit le chef.

Les premières entrent dans leur cage avec langueur et abaissent leurs immenses têtes triangulaires pour mieux m'observer entre les lattes de ferraille. Elles n'y dédient qu'un œil, l'autre dort peut-être encore. Et dans cet œil noir luisant, je me vois. Je discerne ma silhouette, mon air égaré, mon infirmité. Quelle est cette chose étonnante, cette masse indésirable ? qu'elles doivent se demander. On a au moins ce questionnement en commun.

Le procédé est clair : accueil, caresse, identification du numéro, nettoyage des mamelles, tirage de lait à la main, validation, application de la machine, aspiration, relâche, tâtonnement des mamelles, nettoyage de la machine, application du désinfectant, félicitations et ouverture de la cage.

Oui mais ça ne prend pas en compte mon niveau d'engourdissement et de méconnaissance. Et ces mamelles sont si étranges. Déjà, elles sont chaudes ! Et certaines pendent idéalement tandis que d'autres sont recroquevillées et inaccessibles. Et pourquoi la numéro 43 met sa patte entre moi et ses mamelles ? Je dois la contourner ? Par-devant ou par-derrière ? Et est-ce que je dois m'inquiéter de la 13, dont le lait coule déjà avant même que je ne la nettoie ? Oh et puis la 22, spécimen d'une saleté exceptionnelle, combien de temps j'ai pour la nettoyer ? Et c'est quoi, là, sur sa mamelle, une verrue ? C'est dangereux ? Oh elle souffle, celle-ci ! Elle a quoi ? Elle en a pas après moi, des fois ? C'est comment grand les poumons d'une vache ? Quand arrive le camion pour charger le lait ? On est dans les temps ? J'aimerais bien prendre une minute pour manger ma tranche de pain et mon carré de chocolat. Combien de vaches il reste à traire ? Et cette odeur, c'est pour toujours ? Il fait quoi Lucasz ? Où vont les vaches après la traite ? Combien de litres on a récoltés ? Suis-je d'une quelconque aide, David ? Qu'est-ce que je fais là ?

Je sors prendre l'air. Bon, rien n'a changé dehors, c'est noir et silencieux. Je tremblote de fatigue et fais un peu de buée, voilà. Je suis chaud dans une bise frigorifiante. Dans la poche de ma salopette, le chocolat a fondu contre la tranche de pain. J'avais encore jamais porté de salopette, c'est très agréable. Il pleuvine, c'est délicat. Je déjeune face aux lueurs de la plaine, quelques paysans passent, au loin.

🔔 Son of Gaïa vous a ajouté au groupe « Dubai entre potes à Noël ? »

J'y retourne. Il faut dire ici que l'odeur est excellente et très favorable au réveil de ma mémoire reptilienne. À l'entrée de la ferme, les bottes dans la merde, Lucasz donne le biberon aux veaux. Ils sont fringants, sautillants et vigoureux. Ils pompent le lait de leur mère par un tuyau. Trois litres, au fond d'un seau, deux fois par jour. Dans une semaine, ils rejoindront les autres dans l'étable et auront droit à du lait en poudre.

Ensuite, dans la station de traite, il advient une chose assez belle. David s'adresse à la numéro 53.

— Allez, donne-moi du lait, va ! il lui fait.

Les mamelles entubées dans la machinerie de pompage, elle semble craindre le verdict.

— Comme elle a avorté l'autre jour, pas sûr qu'elle donne… Et une vache laitière qui ne donne pas de lait, c'est emmerdant. J'aimerais qu'elle donne, sinon je l'enverrai à l'abattoir… McDo fait ses hamburgers avec cette viande, c'est comme ça. Alors, tu vois, je la trais, la stimule, j'essaie…

Il se glisse entre les câbles, les barres de fer et la machinerie pour la caresser. Aujourd'hui, la 53 donne trois litres. C'est suffisant pour espérer vivre encore un jour ou deux. Sa cage s'ouvre et elle avance lentement jusqu'à sa liasse d'herbe fraîche en quête de quelques protéines, dans l'espoir, peut-être, de donner davantage de lait ce soir. Et moi je me dis qu'on doit arriver à la sauver, cette vache, qu'elle a de la chance d'être tombée sur moi, qu'il doit y avoir des associations pour ça, je sais pas, la SPA ?

Puis ça me saute à la tronche, crépit mon visage et mes cheveux. Ouah ! La numéro 7 s'est soulagée, j'en ai partout. Elle m'a chié dessus !

— Tu rêvasses, grand, t'es tout salopé ! me dit David en riant.

Je m'essuie, frotte ma salopette, et on sort tous les deux pour accueillir le transporteur qui vient pomper le lait avec sept minutes d'avance. Et David s'énerve :

— Je comprends que la nature, elle attende pas... mais machin y pourrait quand même patienter un chouïa...

Un chat traverse la route devant la ferme. D'un champ à l'autre, est-ce que le chat s'éloigne de chez lui lorsqu'il traverse une route ou est-ce qu'il s'en rapproche ?

🔔 to_travel_is_to_live a partagé un post : Indonésie ? Canada ? Afrique du Sud ? Faites le plein de soleil avant l'hiver. Vol et hôtel à 30 % avec Edelweiss. Partagez avec le hashtag #BeenThere_DoneThat

Maintenant, les vaches sont alignées, tête coincée entre deux barres de fer, le mufle dans de jolis tas d'herbe coupée. Elles reprennent leur tâche, ont la journée pour ingurgiter cent kilos de fourrage et cent kilos d'eau afin de les transformer en lait. La petite entreprise fonctionne à merveille : fordisme, taylorisme, lean, agile management, ces vaches sont tout à fait optimisées.

— Alors, on retourne se coucher ? j'demande. Et on les laisse là, bien dociles et bien en place, ordonnées, comme ça ?

David rigole et me tend une pelle, je dois racler le sol de la ferme, pousser la merde jusqu'au tas de purin, au fond, pendant que lui lave la station de traite.

— Allez, faut que ça avance, quand même ! il m'encourage. Et après tu mets de la paille propre dans les logettes, une à une ! Elles viendront se coucher là, cet après-midi, alors ça doit être impeccable !

Il me fume, je ne sais pas ce que « impeccable » peut signifier, ici, aucune idée de l'endroit où passe la ligne qui sépare le propre du sale.

— Comme ça ? je demande.

— Ben j'sais pas, ça te semble propre ? il me répond, depuis l'autre bout de la ferme.

— J'sais pas trop. Tu pourrais venir voir ?

— J'ai pas le temps, je te fais confiance.

— OK, ouais. OK, on fait comme ça.

Bon, quand il me rejoint, David nettoie une deuxième fois derrière moi.

— Pour être sûr, juste pour être sûr, t'inquiète. C'est bien, t'apprends vite. C'est juste que j'aime bien quand c'est fait correctement.

Après ça, on monte dans un tracteur. On part récolter de l'herbe, en remplir un bon char, quelques tonnes de ce miracle vert à jeter aux pieds des vaches pour les faire patienter encore. La machine s'occupe de tout derrière le tracteur, et nous on doit combattre le sommeil et supporter les secousses, appréhender les bosses, dévers, trous.

— Trois petits tours puis s'en va ! me fait le chef.

Et il m'apprend le nom des plantes et leurs propriétés. Je suis un ignare, un abruti, un couillon : je prends la luzerne pour des orties, le trèfle blanc pour des marguerites. Et je m'endors. Littéralement, la tête pendue au bout de la nuque. Je sais que je dors, ou plutôt, je sais que je ne suis pas éveillé de façon normale. Je risque le coup du lapin à chaque rebond, mon corps est une insulte à la nature, mais je suis au sommet de mes possibilités. Ce chiffon que je suis, là, c'est mon maximum.

David est poli, il essaie de me réveiller en parlant de plus en plus fort et en me donnant de petits coups d'épaule. Il m'explique comment son lait est analysé par le laboratoire Suisselab. Le nombre de germes est déterminé par cytométrie en flux par fluorescence optique. Et la spectroscopie infrarouge analyse la graisse, les protéines, l'urée, la caséine et le point de congélation. Je l'entends, je n'ai pas la force d'acquiescer ou de relever la tête ni d'ouvrir les yeux, mais je grogne doucement et me fais même une réflexion : que serait la nature sans la technologie ?

🔔 Jérem vous invite à suivre la page VPC Sport

De retour à la ferme, notre machine défile devant les vaches impatientes et crache notre récolte. C'est la fête, la nature vient à la nature. Ça meugle, se frotte, renifle, le repas s'annonce gargantuesque. Moi, je me traîne, grimace, somnole. C'est l'asymétrie totale, alors David me prend par le bras et propose de me ramener à l'hôtel.

Dans son pick-up, je m'endors pour de vrai, et dans ma chambre encore. J'ai pourtant la conviction d'avoir trouvé le travail idéal. C'est décidé, je remets ça demain et les jours suivants. J'aurai au moins la possibilité d'apprendre quelque chose. Et, si je ne suis pas très utile, au moins personne n'essaiera de me convaincre du contraire.

🔔 Votre abonnement à Let's Go Fitness se renouvelle à la fin du mois. Aucune action n'est requise de votre part.

8

Le sommeil acquis avant minuit
nourrit la vertu ; celui qui dure
au-delà du lever du soleil nourrit le vice.

Amos Bronson Alcott, *Concord Days*

Une semaine ! Une semaine maintenant que j'ai mal au dos et me lève beaucoup trop tôt, dans un puissant décalage, pour ces vaches. David me donne chaque jour quelques tâches supplémentaires et me ramène aux Deux Sapins plus tard dans la matinée.

Dorénavant, c'est moi qui vais changer la paille des petits veaux pendant que Lucasz surveille leur consommation de lait et contrôle leur poids. Et David m'a nommé responsable de la chasse aux pigeons, dans la ferme. Je leur lance des pives dessus. J'en ai déjà touché deux.

C'est moi aussi qui ai la responsabilité de la tranchée de terre qu'il faut reboucher derrière la ferme. Salopette, bottes, pelle, je suis un ouvrier modèle. Les voitures qui passent sur la route doivent me prendre pour un vrai paysan. Ils ignorent que je n'ai aucune idée de ce que je fais, comme on ne sait jamais si le type dans la voiture d'en face a son permis de conduire ou sort de l'asile.

Au petit déjeuner, je fais la connaissance de Florent, le frère de David. Il a un accent extraordinaire. Et un regard d'enfant ébloui devant le monde. Ses yeux sont si clairs qu'ils paraissent deux larmes de joie. Ah tu sais, les petits veaux... les petits là, tiens, quand ils sortent pour la première fois au printemps, que c'est tellement beau ! il me dit, fou de joie.

On mange notre bout de pain lentement. Tu verras ! Les petits veaux ! Son effarement est étonnant, dans son esprit le monde a l'air extrêmement beau.

Et encore : Ah, les veaux dans le printemps ! Faut le voir une fois... enfin... v'la la vie, hein ! V'la la vie ! Il me fume, lui. Peut-être bien qu'il a raison. Que c'est la vie. Que cette terre que je ratisse, ces beuglements, ces tonnes d'herbe rafraîchie, ces veaux qui emmagasinent un plaisir sensationnel et fougueux pour le prochain printemps, c'est la vie !

🔔 Ruud VT a publié dans le groupe GIF, TITS & 9GAG entre potes

Une tâche en remplace une autre, après le déjeuner. Tout s'enchaîne avec une urgence toute naturelle, c'est un cycle parfait. Seul risque d'effondrement du système : mon prodigieux état de fatigue.

🔔 Jon Monnard a commenté un post dans lequel vous apparaissez : @czar.pasqua cimer mec, c'est clair, et à la fois tu savais que tu n'étais pas magnifique !

Aujourd'hui David a besoin de moi jusqu'à midi. La nature nous appelle : les veaux qui sont à la Saboterie n'ont presque plus d'herbe dans leur parc, il faut les déplacer. Ensuite on ira manger chez lui et je ferai connaissance avec sa famille.

On monte en force : char, tracteurs, barrières, bâtons. Lucasz et Florent ouvrent le parc, on glisse le char à bétail à l'intérieur. Les veaux sont inquiets. On les encercle avec des barrières en aluminium et on réduit peu à peu la taille de l'enclos pour les concentrer en direction du char. Allez, montez ! Plus leur espace se restreint, plus leur énergie de contestation se déploie. Ils courent en cercles, maintenant, les uns excitent les autres.

Les plus dociles se résolvent à grimper l'escalier de bois qui les mène dans la carriole. Ils glissent, trébuchent, ça meugle à la mort, s'énerve. On ne dit toujours rien, chacun est concentré dans son effort, on se coordonne par des gestes et des regards.

David me désigne pour tenir seul les barrières en aluminium qu'on a tout à fait refermées derrière les plus récalcitrants. C'est là que le numéro 8 se tourne dans ma direction. Il me jauge. J'essaie de ne pas montrer que je fais dans mon froc. Raté, il me charge, tête baissée. Je serre les fesses, ferme les yeux, bloque mes bras autour des deux barrières que je tiens fermées, et attends l'impact.

Je gicle comme une quille et lui s'en va en ruant en direction de la forêt. David lui court après tandis que Florent et Lucasz redressent la barrière et contiennent les autres fugitifs en puissance. Au sol, je me roule de douleur et j'envisage de me plaindre, d'appeler à l'aide, mais : Va ! Courir ! m'ordonne Lucasz.

Alors je me relève. J'ai un peu mal à la hanche mais me lance à la poursuite du veau. Mes chevilles vrillent dans mes bottes et tournent sur les mottes de terre, je glisse, suis à la traîne. Ma salopette me rentre dans le derrière, je titube comme un ahuri en essayant de ne pas me casser la gueule dans une bouse. Je suis à fond mais ne dépasse pas les trois kilomètres à l'heure. Je me demande comment cette espèce humaine dont je suis est parvenue à dominer le monde animal. Avec mes petits bras, mon torse ridicule et ma grosse tête, j'ai un sentiment d'imposture. Mais je cours toujours, les bras en l'air.

Soudain, David nous siffle. On accourt. Florent est explosé de joie. T'as vu ça ? Le p'tit veau, comment il a fait ? Pu-tain ! Faut voir, ça ! Le numéro 8 est près d'un arbre, on l'encercle doucement et Lucasz l'attrape au collier. Tout rentre dans l'ordre, le veau rejoint les autres dans la bétaillère.

Sur l'échelle agricole, je suis à la cave. Et je n'ai pas besoin de feedback hebdo pour le savoir. Un veau est dix fois plus fort que toi, mais il ne le sait pas. C'est en voyant ta faiblesse qu'il se sent autorisé à utiliser sa force ! me dit David dans le pick-up.

🔔 Disponible sur Netflix pour César : Too hot to handle

À midi on rentre chez lui tous les deux. Il y a Cécile, sa femme, Arnaud et Aurélien, trois et cinq ans. C'est le déjeuner en famille, le cirque miniature, les histoires aux mille personnages, les pleurs sans raison, la grande diplomatie alimentaire. On passe du trop peu de mots à l'avalanche de sons et de babillages. Quelque chose de la vie se trouve ici, aussi. On s'en rapproche, avec une certaine conscience du trop-plein, de l'abondance de vitalité.

On est tous embêtés par la fine pluie qui tombe, David pour son regain, les enfants pour leur tour à vélo. La famille fait converger les discussions avec une belle facilité. Cécile est admirable de patience et d'intérêt. Lorsqu'elle me demande si je vais bien, je dis que oui, mais que j'ai l'impression qu'il est déjà 22 h 30. Ça les fait rire.

Comme ils se demandent ce que je fais là, je leur explique pour l'incendie. Ils ont lu dans les médias qu'une enquête est en cours. C'est pas toi qui as foutu le feu, j'espère ? plaisante Cécile. C'est quoi, une incendie ? demande l'un des gosses. Et très vite on se retrouve tous à jouer avec un camion de pompiers en Lego.

🔔 Kingjey100 a retweeté une photo de Letsgo Fitness #gymshark #body #workhardplayhard #livingmybestlife

Après la table et les Lego, sieste pour vingt courtes minutes dans la chambre des enfants. Le sommeil arrive instantanément, inutile de me remémorer les ateliers de méditation de Philip Morris, le lâcher-prise, la respiration, la paix intérieure, tout ça. Là, c'est le vide imposé, figure artistique de choix : tronche enfoncée dans le coussin avec ronflements.

Je rêvasse, il y a des femmes nues, des vaches et des rires aigus. Je suis un peu excité dans mon sommeil, je crois. J'émerge et c'est vérifié : je bande. Et je me dis que, dans ces trous paumés, je vais devoir apprendre à dormir sur la béquille.

Les deux gosses hilares sautillent dans mon lit. Ça fait rebondir leurs peluches. Aurélien me dit qu'il est 2 heures, non 6 heures, non 16, non tard, et que je dois me lever, que sa mère va me ramener à l'hôtel. Je vérifie et ça fait trois heures que David est reparti au charbon. Quel branleur je fais…

J'enfile mon bleu de travail et rejoins Cécile dans la voiture. T'as un sommeil de plomb ! elle me fait. Et le Scénic fonce vers Montricher tandis que je dissimule mon érection sous les poches de ma salopette. C'est David, là-bas, elle me dit en pointant du doigt un tracteur qui retourne de la terre noire dans un champ. Et j'ai soudain une pensée pour Grami qui doit être enterrée depuis une semaine, maintenant. Et je me sens un peu con. Surtout avec le piquet. Comme elle est prof, Cécile me parle de trucs à propos de bouquins. Elle me donne un petit livre de Paul Valéry, une sorte de bilan de l'intelligence ou je ne sais quoi. Elle me suggère de le lire, dit que ça pourrait me plaire, que ça traite de la dimension artificielle de nos existences, de la condition humaine et tout, mais j'écoute pas vraiment. Je pense à d'autres choses, mon travail, mes amis et mon appartement. Ça ne me manque pas mais, à cet instant précis, je regrette l'insouciance de cet été, je voudrais bien fermer les yeux et retourner à la Jetée.

🔔 Laurent vous invite à l'événement Rencontre avec Miss Suisse Romande au Centre Commercial du Léman avec Moët & Chandon

L'auberge est vide. Je traverse le couloir plein de babioles, grimpe l'escalier en moquette jusqu'au premier étage et rejoins ma chambre Chêne. Rien n'a bougé ici. Tout est identique à ce matin et aux précédents. Une lumière orangée se mêle aux teintes mandarine des murs pour apporter un peu de douceur dans le tableau. Dehors, un groupe de cyclistes est arrêté sur la place, hé tu veux une morce de Balisto ? On n'est pas encore en haut le Marchairuz, hein, y a une sacrée trotte ! J'ouvre une cannette de bière Farmer, allume la télévision. Il y a « L'Équipe du soir » sur la 21. Cinq types aux airs grincheux et pinailleurs qui débattent sur des matchs de foot. Ça cherche à savoir qui est le meilleur. Ronaldo non Messi non Benzema non Pelé non Mané non Cissé non lui, non pas lui, enfin ça dépend. Ils tournent en rond, ça ne va nulle part, c'est nul mais ça me berce. Pendant qu'ils brassent de l'air je me laisse aller et conclus que, finalement, ça va.

9

Si l'homme a été fait aussi costaud
et avec des membres aussi puissants,
ce n'est pas pour qu'il aille ensuite
étrécir son monde, s'enfermer
en un espace à peine plus grand que lui.
Il fut d'abord nu et au grand air.

Henry David Thoreau,
Walden ou la Vie dans les bois

Les semaines passent et les jours se ressemblent. Le réveil comme un supplice, la traite, les veaux, l'herbe, les logettes, le soleil étouffé dans le brouillard, et quel silence. On parle de moins en moins, je déploie tout un vocabulaire de grognements et de sifflements. D'une certaine façon, je me rapproche vraiment de l'animal.

J'ai vu comment le troupeau m'a adopté. Méfiance d'abord, observation ensuite, puis acceptation. La phase d'observation est la plus longue. Chaque matin, dans la station de traite et dans les champs, les vaches me scrutent. Je sens leurs yeux noirs braqués sur moi comme des appareils de mesure. Humeur, attitude, intentions, sincérité, tout est scanné dans leurs grosses têtes triangulaires. Elles me ruminent sous tous les angles. Je crois qu'elles essaient de savoir si je suis un peu comme elles, si la ville et la société ne m'ont pas trop déformé.

Leurs antennes sont puissantes : quand David a des soucis, elles le savent avant tout le monde. Rien de mystérieux, elles l'ont tellement ruminé qu'elles sont capables de discerner chaque nœud et chaque pli de son être. Ces vaches sont des princesses au petit pois.

Tandis que, moi, il faut me voir ! Il me manque tout leur attirail, leurs fameuses antennes. Grami a vécu à côté de moi sans jamais être repérée ; ce ne sont pas des antennes, que j'ai, ce sont des œillères. CQFD.

🔔 Vous avez 723 mails non lus, insérez votre mot de passe pour réactiver votre boîte mail PMI

En revanche, quelle endurance ! Maintenant, le soir, je trouve l'énergie de me promener. Je sors face à l'école du village où les profs boutiquent jusqu'à tard dans l'après-midi à inventer je ne sais quelles excursions. Puis je vais en direction de la forêt, passe par la grande maison sous la vigne où je croise souvent le vieux type qui me salue toujours et me propose quelquefois de m'arrêter. Un jour, peut-être. Mais je continue ma route, longe un grand banc fait de branchages et de feuillages, dans une clairière, où quelquefois des élèves philosophent ou construisent des trucs en bois. Puis je marche jusqu'à la cabane détox pour nourrir ma curiosité. Et je termine aux Deux Sapins : chasse, soupe, salade, pain, fromage, toujours une bière. Vraiment, chaque nouveau jour de ma vie ressemble au précédent.

Pire encore, chaque épisode de ma journée est un éternel retour. Les vaches, d'abord, qui sont d'une invraisemblable constance, et le repas du soir ensuite, occasion d'étudier les gens envoyés en détox par Philip Morris, qui semblent toujours sortir du même œuf un peu gâté.

Une brune : quarante ans peut-être, *head of corporate* quelque chose. Vegan, très exigeante sur la première pression à froid de l'huile de tournesol des Deux Sapins, a planqué un iPad dans sa valise, s'endort avec deux Temesta.

Un maigrichon : bientôt trente ans, *cloud-genius* ou *nerd* en reconversion, passe ses journées devant la télévision aux Deux Sapins, emprunte le portable des clients, dort très mal, semble craindre les animaux ou la solitude.

Un blaireau : la cinquantaine, *top-manager*. Pose les clefs de sa 996 sur la table quand il mange, logo vers le haut. A fait venir sa maîtresse dans la cabane, tendance exhibitionniste. Vient de passer deux heures au téléphone avec son fils pour le convaincre de s'inscrire à HEC.

🔔 Patrick Favre vous invite à aimer Avnier

Ce qui me fascine le plus quand je les observe, c'est leur rythme étrange. Ils me fument avec leur air paumé, comme s'ils étaient désaxés. C'est que leur horloge biologique s'est emballée, ils ont perdu le nord, comme la bande d'ahuris chez Lola. Je le sais et j'en suis vraiment certain maintenant, parce que mon rythme à moi s'est remodelé depuis que je suis garçon vacher : dorénavant, mes tâches sont organisées par la nature.

Le soleil m'invite à faire le regain, la pluie m'ordonne de recourir au foin. Quand l'herbe monte, il faut la couper, quand elle manque, il faut tout déplacer. Mes journées sont indexées sur les humeurs cosmologiques, sur l'ordre naturel des choses.

🔔 Jérome Plattner vous a mentionné dans une publication

À la ferme on ne négocie pas, on ne suit aucun plan marketing, ni celui des marchés, ni les trends, les topics, les desiderata de tel manager, les KPI, les business scenarii, les budgets. Non, on suit la nature. On danse avec. Elle nous guide et on marche sur ses pas. C'est une rythmique qui passe par le corps et non par l'esprit.

D'ailleurs, quand réapparaissent les contraintes artificielles et idiotes, quand le chauffeur vient pomper le lait avec dix minutes d'avance, quand l'État exige des normes qualité et de la paperasse, David devient fou. Lui si calme et si serein se transforme, ses atomes ajustés sur l'horloge du temps naturel se dérèglent, et il explose de colère. Sur son âme pure je vois les effets de notre société administrative et technocratique, comme on voit les ailes d'un oiseau s'atrophier quand on le met en cage.

🔔 Votre boîte vocale est pleine, libérez de l'espace en supprimant des messages

Et il y a autre chose qui me fascine : la facilité avec laquelle, dorénavant, je m'endors. J'ai compris que la fatigue a plusieurs points d'ancrage dans mon corps et qu'il me faut la répartir entre ces points, équilibrer mon épuisement. Sinon, soit c'est ma tête qui veut dormir mais mes jambes qui le refusent, soit c'est l'inverse.

Et comme les journées à la ferme fatiguent mon corps tout entier, de bas en haut et de haut en bas, c'est une révolution. Un renversement après ces années passées à ne consumer que mon esprit avec des tâches aberrantes, corps figé, courbé sur un écran, laissé pour inutile. Fini les efforts de méditation, les compléments de mélatonine, le CBD et les vidéos ASMR. Pour m'endormir, maintenant, je me couche, tout simplement, et laisse faire ma nature.

À propos, dans le bouquin que m'a donné Cécile, j'ai lu qu'en 1930 déjà « les progrès de l'insomnie sont remarquables et suivent exactement tous les autres progrès. Que de personnes dans le monde ne dorment plus que d'un sommeil de synthèse, et se fournissent de néant dans la savante industrie de la chimie organique ».

Ouais, je me suis mis à lire le bilan de l'intelligence de Paul Valéry. J'essaie de comprendre pourquoi Cécile me l'a donné. Le type rêve « que l'intelligence de l'homme, et tout ce par quoi l'homme s'écarte de la ligne animale, puisse un jour s'affaiblir et l'humanité insensiblement revenir à un état instinctif, redescendre à l'inconstance et à la futilité du singe ». Cool, ça, je signe où ?

Et encore : « Puisqu'il faut une excitation plus forte, une dépense plus grande d'énergie, pour que nous sentions quelque chose, c'est donc que la délicatesse de nos sens, après une période d'affinement, se fait moindre. » Si je n'ai pas senti, reniflé, repéré la présence de Grami, ce n'est peut-être pas par ma faute mais bien par celle de ce monde qui nous émousse et nous éteint. « Notre corps est soumis à une trépidation perpétuelle ; il a besoin, désormais, d'excitants brutaux, de boissons infernales, d'émotions brèves et grossières, pour ressentir et pour agir. » Il me fume, le Paul.

Je termine avec ça, qui me parle bien : « On se prend à regretter naïvement les Tahiti, les paradis de simplicité et de paresse, les vies à forme lente et inexacte que nous n'avons jamais connues. Les primitifs ignorent la nécessité d'un temps finement divisé. Il n'y avait pas de minute ni de seconde pour les anciens. » C'est un primitif, ou un ancien, que je voudrais devenir.

En lisant ce bouquin, je ne suis pas loin de conclure que l'homme d'aujourd'hui n'est plus un homme. Que quelque part, en route, durant le siècle qui nous sépare de Paul Valéry, on a franchi encore un cap, rompu avec ce qui faisait l'humain. Qu'on a fini par devenir de faux humains, comme on a inventé de faux loups devenus ces chiens d'appartement qu'on balade en sac à main. Yves, Alicia, Lola et les autres : faux humains. Et moi ?

César : trente ans, *garçon vacher*. S'efforce de vivre au rythme du cosmos. Faux humain sur le chemin du retour vers l'authenticité. A encore du boulot. Manque un peu de courage.

🔔 @czar.pasqua, vous avez 87 notifications à consulter sur Twitter, on vous attend

Pour avancer, il faut que je quitte cet hôtel trop cher, trop chauffé, trop câblé, trop sécurisé. Trop de portes ici, trop de chambres vides, de voisins qui vont et viennent, trop de solide ignorance des autres. Il me faut une enveloppe de fibres et de feuilles, quelque chose qui m'autorise à vibrer au rythme du cosmos.

Je voudrais pouvoir m'installer dans la maison du vieux, là, avec la vigne rouge et or. Ce n'est ni tout à fait une maison, ni tout à fait la forêt, c'est un intervalle entre ces deux mondes. Le bercail idéal, un abri pour les humains sauvages. Les rayons du matin se fondent dans la vigne ardente de sa façade et on dirait que des discussions très importantes entre l'homme et la nature ont lieu ici. Le soir, tous les chats sauvages s'y donnent rendez-vous pour faire je ne sais quoi. C'est un endroit comme celui-ci qu'il me faudra un jour.

🔔 Yann Lardon vous invite à son événement BIG FAT BBQ - BEERPONG - FUCK WINTER

Pour l'instant, le plus réaliste est d'aller m'installer dans la ferme de David, de me dégoter un coin de paille, un angle mort.

— T'es dingue, il commence par me dire.

— Non, je te promets… je crois que ça me ferait du bien.

— Si t'as besoin de plus d'argent pour l'hôtel, on peut chercher une solution.

— Non, c'est pas ça. Je veux me rapprocher de la nature, tu vois ?

— Et comment tu vas te chauffer, te laver… et tu vas manger quoi ?

— Je ferai des réserves, me débrouillerai, ou je reviendrai un jour par semaine à l'hôtel, on verra bien…

— J'peux pas te laisser dormir à la ferme. C'est dangereux, c'est pas fait pour ça…

J'argumente, mais lui veut m'emmener ailleurs, il me questionne sur ma famille, mes proches, mon travail, mon futur, tout ça. Alors je lui dis juste ça : mes parents n'ont pas tenu leurs promesses. Je vois peu mon père, il vit loin, maintenant. On se donne des nouvelles. Et de toute façon il est d'un autre temps, comment comprendrait-il ?

Et je lui explique que les amis (ça va, ça vient), les collègues (quelle plaie), le travail (j'en ai plus, *a priori*), ça peut attendre. J'essaie de le convaincre que l'essentiel, là, maintenant, c'est la question du cosmos et des faux humains.

— T'es dingue… il répond en riant.

— J'te jure, ça fait du sens.

— Vivre à poil dans les bois, quoi…

— Pas à poil… J'suis sûr que c'est possible !

— J'dis pas que c'est impossible, je dis juste que c'est débile… Tu sais ce que tu cherches, au moins ?

— Oui… enfin, plus ou moins.

— Et c'est quoi ?

— Un angle mort.

— Ça veut rien dire, un angle mort.

— Mais si.

Je sens bien qu'il a quelque chose en tête. Il me regarde avec ses grands yeux bleus, son menton froissé, prend un air de vache pour me scanner. Allez, vas-y, quoi ! je l'encourage. Il se lève, prend une grande inspiration les deux mains dans les cheveux et me propose :

— Je fais peut-être une connerie mais… tu veux aller à Pré-Magnin ?

— L'alpage ?

— Oui. La vieille ferme en direction de la Vallée de Joux, où on a les vaches.

— T'es sérieux ?

— Ouais. C'est rustique mais il y a tout, chambre, salle de bains, cuisine. À l'époque, je passais certains étés là-haut, j'y amenais des copines. Mais personne n'y a jamais passé l'hiver. Y a pas d'électricité, et faudra couper l'eau d'ici deux semaines…

— T'es génial, merci !

— Attends un peu avant de me remercier. Le temps sera long, là-haut.

— Tu me fumes, merci.

— De quoi ?

— Tu m'éclates, tu me fais trop plaisir. Ce sera mon angle mort.

— Franchement, crois-moi, ça veut rien dire, un angle mort. Et c'est pas très joyeux, en plus.

— Il est mort pour les autres mais pas pour moi.

— Ils t'ont vraiment blessé le cerveau à Philip Morris.

— Blessé le cerveau ? Ça se dit pas non plus.

— Et pourtant, on se comprend.

On se met d'accord : il continue de me payer pour que je me charge de l'entretien de l'alpage et m'autorise à y passer tout le temps nécessaire à mes expérimentations.

Avant mon départ, Cécile vient me voir aux Deux Sapins. Elle est vraiment adorable.

— J'ai quelque chose pour toi.

— Oh, merci, il fallait pas.

— Si, je pense que ça peut t'être utile… Tiens, c'est un livre sur lequel on a travaillé l'année dernière avec mes élèves.

— *Walden ou la Vie dans les bois*, Henry David Thoreau… Merci, mais tu sais, je ne lis pas beaucoup.

— Thoreau a passé deux ans dans une cabane au bord d'un lac, au plus près de la nature. Tu connais pas ?

— Si, enfin, je connais ses citations, *L'important est ce que tu vois et pas ce que tu regardes*, *il faut avancer et pas reculer*, tout ça.

— Lis, tu verras que c'est bien plus que ça.

🔔 Rapport hebdomadaire disponible : votre temps d'écran était inférieur de 85 % la semaine dernière, pour une moyenne de 43 minutes par jour

10

Me reposant dans un bosquet,
J'entendis un concert de notes
En cet état où de doux songes.
Mènent à de tristes pensées,

Et la nature alliait des œuvres
À l'âme qui en moi vibrait ;
Mon cœur souffrait en contemplant,
Ce que l'homme de l'homme a fait.

Wordsworth,
« Vers écrits au début du printemps »

Ce qui frappe, quand on monte à Pré-Magnin, c'est l'intimité. La route s'échappe en lacets depuis Mont-la-Ville, puis un chemin s'en va sur la droite, longe les prairies où les gentianes brunissent, et s'achève devant une grande ferme et un clédar. Rien à dix kilomètres à la ronde. Le vrai calme, quoi.

Tu risques pas d'être dérangé… me dit David. Il me semble inquiet, au moins dubitatif. Je le rassure, lui promets que je ne risque rien. Déjà les senteurs et le silence m'emballent tendrement, et je sens dans mon cœur briller une lumière nouvelle.

Les pièces sont petites, charmantes, boisées. La cuisine est en bas, la chambre en haut. Ambiance *Maman est en haut qui fait du gâteau, Papa est en bas qui fait du chocolat.*

On range dans un placard les dizaines de boîtes de sauce tomate, les pâtes, la demi-meule de gruyère, les biscuits, le lait, l'eau. Il reste du bois sec, alors on allume un feu dans le poêle de la cuisine.

Mon rôle est simple : prendre soin du chalet, fortifier les murs en pierre, ranger les barrières à l'intérieur de la ferme avant la neige, couper l'eau quand il fera trop froid, et surtout observer la nature, m'y fondre, prélever un peu de son âme et m'en bricoler une nouvelle. Et comme il n'y a pas de réseau téléphonique ici, David passera me voir au moins une fois par semaine, officiellement pour suivre l'avancement de mes tâches, officieusement pour s'assurer de ma survie.

Le pick-up s'en va dans l'automne naissant et me laisse là, désencombré. Je viens de changer de monde, demain je m'éveillerai juste ici, au-dessus de la brume et des plaines grisonnantes, dans cet écrin végétal empourpré, bon à méditer.

Thoreau écrit que « la plupart des gens sont tellement absorbés, par pure ignorance et pure erreur, dans les soucis factices de la vie qu'ils sont incapables de cueillir les fruits les plus jolis que cette même vie peut offrir ». Je me tiens prêt, dorénavant. Que la cueillette commence.

Octobre est sublime, franchement. Les arbres en font des tonnes et la brume est comme un baiser. Chaque jour je m'efforce de faire corps avec la forêt même si je suis maladroit sur mes deux pieds, comme un épouvantail aux sens émoussés. Mais il me semble bien que je deviens de plus en plus sauvage, que mon cerveau procède à quelques ajustements. Par exemple, je peux rester fasciné plusieurs minutes par l'odeur d'un champignon ou par le vert de la mousse qui recouvre le pied des arbres comme une laine pour l'hiver. Sans rire. Ça m'arrive régulièrement, en plus. La forêt m'enjoint à l'observation et je m'y soumets volontiers.

En promenade, j'entends le train siffler au loin. C'est un son précis et ponctuel, sorte de mémoire de cette vie que mènent les autres, des allers et retours entre ville et campagne, de l'empressement général. Siffle, le train ! Secoue ces villages ! Ramasse tout le monde sur tes quais et file sur tes rails, fonce et joue ta musique ! Vas-y, joue !

Elle vient jusqu'à moi, ta musique. Elle vient malgré ces nuages, épais comme du lait, qui dérivent dans le ciel. Elle résonne dans la forêt, ta musique ! Et les oiseaux s'en mêlent avec leurs roucoulements. Et l'eau fait son clapotis. Clapotis ! C'est quoi ce mot, sérieux ? Le clapotis. C'est pas un dessert ?

Et tes notes sont belles, le train ! Tu les entends ? Les grenouilles et les crapauds reprennent ta chanson, avec leurs yeux pleins d'eau et leur gueule ivre de toutes ces barboteuses. Écoute-les s'égosiller, la gueule trempée dans les flaques. Un beau bordel.

Je suis heureux que tu existes, le train. Tu siffles comme un métronome. Ta musique me rappelle que je suis ici, en roue libre, et que d'autres gens sont là-bas, sur des rails.

Le temps s'écoule d'une façon étrange, à Pré-Magnin. Thoreau décrit bien cette sensation : « Le matin était là, puis, ô miracle, c'était déjà le soir, et rien de mémorable n'avait été accompli. » Je fais des choses, pourtant. Je cuisine, je bâtis, je nettoie, je surveille, et je lis. J'ai lu quelque part dans *Walden* que, « bien lire, c'est-à-dire lire des livres vrais dans un esprit vrai, est une activité noble, susceptible de mettre le lecteur davantage à l'épreuve que n'importe quelle autre activité communément estimée de nos jours ». Comme il y va, le mec.

Je ne sais pas si *Walden* est un livre vrai ni si je le lis bien, mais il vaut mieux que ces citations qu'on lui a volées pour les imprimer sur des posters, coussins et cuvettes. Il vaut au moins quelques soulignements, deux trois notes dans la marge, et mon attention. Moi qui n'ai jamais beaucoup lu, j'admets que c'est la bonne manière d'escorter mon ennui.

Et le livre n'occupe pas que mon esprit, mais mes mains, aussi. Notre échange est physique. Il se déforme en même temps qu'il forge mes opinions. Je le tords, le plie, le courbe sous mes doigts. Ces doigts qui me frustrent encore à vouloir swiper. Comme s'ils voulaient me rattacher au monde des faux humains, me tenir au courant, me garder dans le coup. « S'il n'y a point, le matin, quelque grand malheur dans le monde, nous sentons un certain vide : il n'y a rien, aujourd'hui, dans les journaux ! », dit Valéry. « À peine un homme vient-il de faire une demi-heure de sieste postprandiale qu'il se réveille, redresse la tête et demande : Quoi de neuf ? » écrit Thoreau. C'est vrai. « Patatras, les hommes sont devenus les outils de leurs outils. »

Si on le savait déjà en 1850, qu'est-ce qu'on a fichu depuis ? Ouah, les cons.

Je deviens un peu poète, je crois. J'ai le temps pour ça. Je contemple un oiseau qui me survole, les ailes en flèche. On dirait qu'il veut m'indiquer une direction. Dis-moi, l'oiseau, où je vais. Ton chant est comme une feuille qui se chiffonne au soleil, ta gorge est rouge, ton ventre orange, tu es une petite fusée de joie. On frôle un noisetier paré de lierre, effleure un rond de sorcière et atterrit sur un tapis de mousse tiède. C'est juste là, qu'on va. Ouais, juste là, le cosmos a organisé une rencontre entre le brouillard et la lisière de la forêt. Tu secoues tes plumes et gonfle ton minuscule buste, mon oiseau. Tu es comme un poème en saccade. J'ignore ton nom mais je te trouve admirable. Tes pépiements encouragent le brouillard qui s'accroche aux arbres et craint de descendre sur la plaine par les champs et les chemins. Comme s'il préférait la compagnie de la forêt à toutes les autres, ce brouillard. Comme s'il voulait passer la nuit ici, condensé, entre les hululements des chouettes et le brame des cerfs. Comme s'il voulait dormir là et se réveiller demain en fines gouttelettes sur l'herbe fraîche pour se faire appeler rosée. T'as vu tout ça, mon oiseau ? T'es passé où ?!

David me visite souvent. Il dit que je vire romantique et bizarre, que je n'ai rien compris à la nature, que j'en fais trop quand je lui parle du brouillard et tout. Il m'indique les chemins à prendre pour aller me promener, m'emmène jusqu'à Châtel. Là-bas, on surplombe Montricher et toute la plaine jusqu'au lac.

Et on peut compter les sommets enneigés des alpes qui sont alignés sur l'horizon comme une garnison triomphante. La beauté est si sévère ici, c'est assez dingue. Rien ne lui fait face, les sapins se tiennent en contrebas, les murs de pierre sont écroulés, les gentianes sont couchées au sol. Cette bosse de Châtel est un Éden d'automne, un tapis déroulé pour nous qui venons respirer au-dessus du brouillard… T'es à l'ouest, grand ! me fait David. L'angle mort, je lui dis, l'angle mort ! Tu vois pas comme il est vivant, là ?!

Le soir, quand l'air refroidit l'atmosphère, je me réchauffe près du feu. Le bois sec brûle bien. Ces flammes sont la plus belle attestation du cycle naturel, du grand calcul cosmologique, de l'éternel retour. Dans ma chaudière vrombissante, les lois de l'univers sont en effervescence. C'est de ce feu-là que je me chauffe.

Ça et la gentiane ! Oh, la merveilleuse gentiane ! Nectar d'argile, racine fabuleuse. Eau-de-vie, rien n'a jamais tant mérité ce nom que toi, ma gentiane. Tu es la vie, l'équilibre parfait entre ciel et terre. Tes fleurs jaunes prennent le soleil et la bise au balcon pendant que tu fais tes tours de magie là en bas, que tes racines suçotent sédiments et grains de je-ne-sais-quoi, pendant que tu traduis le langage de la terre en mille saveurs. Tu me réchauffes, me réjouis, me fais l'effet d'une fée joyeuse.

Mais sois franche, ma gentiane, et dis-moi : comment va le monde ? Toi qui te nourris de son suc, qui t'abreuves à son tombeau, dis-moi. Qu'est-ce qui nous arrive ? Ne trouves-tu pas que cette petite vie qu'on mène est un peu vaine ? Sérieusement… Oui, tu peux chuchoter à mon gosier… Ah oui ? Tu me flattes, ma gentiane, tu es une véritable fée… Et que je te comprends ! Oh, ma gentiane, ma chère et tendre, mon nouvel amour, je te comprends si bien… Tu parles pour nous deux… Tu as raison, les hommes sont devenus fous. On a des vies de cons.

J'ai le sentiment de planer un peu, quand même. Mais je ne souffre pas de solitude, je crois. Le froid me pèse parfois, le soir, mais pour le reste, je suis bien entouré. Il y a les aiguilles des sapins qui tiennent bon sur leurs branches malgré les assauts de l'hiver qui se fait pressant, je ne suis pas seul. Et il y a le soleil qui s'efforce de percer la brume, les mésanges qui viennent s'abriter de la pluie sous l'épicéa. Et il y a Thoreau, qui n'est pas du style à contredire : « Je n'ai jamais trouvé de compagnie qui fût aussi bonne compagne que l'est la solitude. »

Je monte souvent à Châtel, m'assieds sur une pierre face au Mont-Blanc et attends. Parfois des gens viennent, des marcheurs, et ils me renseignent un peu sur le monde comme il va. J'entends Ouh dis donc, c'est beau, dis donc ! Faut profiter, ils disent que la pluie revient demain, on a bien fait de monter ce matin. Ils portent des habits très colorés, des chapeaux souvent ridicules, et ils ont des bâtons, pour marcher. On a été vite, hein ! Au panneau jaune en bas, ils disaient quarante-cinq minutes ! Et ils sont bruyants, tellement. Eh mais c'est beau ici, eh mais c'est beau, t'as pris les sandwichs chez Hohl, la mousse de jambon ? Pain mou ? Ah non ça c'est curry, ou bien…

attends voir… toi t'as quoi Henri ? Ah c'est bon ça, salami ! T'as vu ma veste ? Elle est technique, c'est du coton tout fin, ça sèche vite, regarde, touche ! C'est ma fille qui m'a emmenée chez François Sport. Ils font des chaussettes aussi, avec des antiglisse, pour la maison. C'est tip top.

Ils s'attendent, se rejoignent tous sur ma bosse, se prennent en photo et déballent leurs sacs. C'est dingue comme ils peuvent m'énerver, quand je les vois arriver. Alors je vais un peu plus loin, ou je rentre. C'est comme si, à force de me tenir éloigné, protégé des autres, je devenais un peu plus vulnérable.

Ces derniers jours, le lynx me visite. Il pose ses yeux cireux sur mes murets de pierre et repart chasser les chevreuils. C'est quand même dingue, un chat comme ça. Enfin, je sais que ce n'est pas un chat, mais ça y ressemble vraiment. Il patrouille librement, longe la lisière, rôde. Je ne connais que les chats d'appartement, moi, ces petits fauves de distraction, ces compagnons hypoallergéniques qu'on dresse à la croquette. Mais celui-là ! Quelle bête ! Un putain de roi ! Je veux être aux faux humains ce que le lynx est aux chats d'appartement.

Depuis une semaine, je le vois presque tous les jours, et lui semble faire sa vie malgré moi. Preuve que mon apprentissage de la vie naturelle s'effectue correctement. Emerson dit de Thoreau qu'il « savait rester assis immobile, ne faire plus qu'un avec la roche sur laquelle il se trouvait, jusqu'à ce que l'oiseau, le reptile, le poisson qui avait fui devant lui réapparaisse et reprenne le cours de sa vie habituelle ».

Comme Thoreau, j'essaie de deviner la taille d'un arbre, de retrouver mon chemin dans la nuit en me fiant juste à mes pieds, d'apprendre le nom d'une plante chaque jour, sinon de l'inventer. « Plongeant la main dans une boîte contenant un plein boisseau de crayons en vrac, il pouvait la ressortir très rapidement en en tenant exactement une douzaine », raconte Emerson. Je m'y essaie avec des cailloux, gagne chaque jour en précision. Je poursuis mon éducation, affûte mes sens. Tout ça va vers le mieux, je crois.

La musique me manque, en revanche. Les oiseaux qui en ont la charge sont redescendus en plaine chercher un public pour leurs chants. Alors, des fois, je prends un bâton et balaye les douze barres de métal du clédar comme un xylophone. C'est pas Orelsan mais ça me fait un peu de bien. Et comme mon instrument est accordé sur la nature, sa gamme change en fonction de l'humidité et de la couleur du ciel.

Souvent je m'ennuie. Je regarde le monde faire, délicatement, puis défaire, pour refaire ensuite. C'est un cycle un peu chiant mais très beau aussi. À force, mon regard n'accroche plus sur les choses, je n'ai plus prise, le mouvement va sans moi. Je me dis que la danseuse n'a pas besoin de son cavalier pour cette danse-là. Que tout va bien. Et je sens monter en moi une chaleur tranquille.

Mais la femme me manque. Il m'arrive de vouloir être seul à deux, juste pour quelques heures, partager ma solitude avec une sirène, qu'elle m'en prenne un peu. J'ai beau chercher, rien ne peut remplacer la femme dans la nature. Les hommes, par contre, je m'en passe bien volontiers. Ces types trop pleins de besoins qui nous tournent autour et qu'on appelle amis, la barbe. La femme, c'est différent. La présence d'une femme te prolonge, elle est comme une direction, une promesse. Ouais, c'est ça qui me manque, en fait, l'idée que tout n'est pas vain. Enfin, bref.

Quand le ciel est dégagé, un chat grimpe sur le toit de mon alpage au crépuscule. Il vient faire l'expérience du sublime, je crois, éprouver sa condition. Il tient son petit corps bien immobile face au spectacle de la grandeur. Et il a l'air de jouir de cette disproportion. Il a comme un frisson qui lui passe dans les babines puis il redescend dans l'heure bleue car c'est à cette heure-ci que sortent les souris. Et moi, je me pose toujours ces questions un peu débiles : est-ce que le chat qui regarde le coucher de soleil le trouve beau, comme moi ? Ou est-il plus beau encore pour lui ?

Passent les jours, d'octobre à novembre, comme une fête. Et je remercie la nature pour cette fête, ces coordonnées tenues secrètes. Le matin, je me faufile par la porte dérobée, glisse entre les cordes et atterris ici, aux quatre éléments, loin des artifices et des faux humains.

11

Quand donc un climat qui par hasard
nous est contraire
S'avance et qu'un air pernicieux
commence à se glisser,
Tel un brouillard ou un nuage
il serpente lentement
Et répand en chemin troubles
et bouleversements.
Quand enfin il arrive
dans notre propre climat,
Il le corrompt, il l'assimile
et nous le rend contraire.

Lucrèce, *De rerum natura*

Début décembre. Dixième jour de neige. Tout est blanc, d'un blanc étourdissant. J'ai fermé l'eau et rangé ce qui devait l'être. Les bourrasques de vent et de neige se fracassent contre les vitres et m'enferment sous de lourdes gonfles bleutées.

Je me tiens à la cuisine, près du poêle qui vrombit. Le bois n'est pas sec, il claque, fume, étouffe. Pas le choix, tout est humide dehors, chaque branche, chaque souche. Barrières, fils électriques et pieux sont là, alignés dans le couloir, rangés avec toute mon affection. Dans la moiteur boisée, on se tient compagnie.

David n'est pas venu depuis dix jours à cause de la neige. Normalement, il m'apporte toujours quelques vivres, de quoi passer la semaine. Oh, pas grand-chose, un peu de pâtes, un bout de fromage, du pain, des bougies. J'en aurais bien besoin, le froid me commande de manger davantage et la nature ne m'est d'aucun secours. Ça craint.

Et la lecture de *Walden* sonne parfois comme une rengaine mortifère : « Chaque homme est requis de faire en sorte que, jusque dans ses moindres détails, sa vie soit digne de la contemplation qu'il exerce en son heure la plus élevée et la plus exigeante. »

Je dors dans la cuisine, depuis peu. Ces foutues bûches humides ont besoin d'une belle flamme pour brûler, je dois sans cesse les enfourner dans le poêle qui me crache sa suie à la tronche. Je suis là, au chevet de mon feu, à prier pour qu'il brûle. Des fois j'ai envie d'y glisser la main pour voir, ou de cramer tout le chalet pour me réchauffer. Je passe des heures à le regarder et à souffler dessus comme un con. Cette misérable besogne me prend tout mon temps, jour et nuit. Ça et la cuisine, sommaire, puisqu'il ne me reste que quelques pâtes.

Je m'efforce de sortir vers midi pour faire le point, deviner si la neige va continuer à tomber, espérer la prochaine visite de David. Dehors tout est méconnaissable, je me souviens d'un chemin, de murs en pierre, de fils barbelés, d'un clédar, mais ne vois qu'une étendue blanche bosselée et laineuse, tout le reste est plâtré, immobile, en convalescence.

J'ai de quoi tenir encore un jour ou deux, ensuite il faudra vraiment que la neige cesse et que je sois ravitaillé. Mais David doit le savoir, c'est impossible qu'il m'oublie ici. Il va monter, en tracteur s'il le faut, et tout ira bien.

Je m'assoupis et me réveille dans la fumée. Le poêle éructe ses nuages de gaz comme une vieille locomotive, vomit mes branches trop humides. Des fantômes de charbon flottent dans l'air. Trop de mousse ! Trop de pourriture ! Trop de neige ! Tout est détrempé, partout, tout crachote, péclote, graillonne. C'est malheureux. J'essaie de sécher mes bûches mais c'est peine perdue. On croirait que la neige vient d'en dessous, qu'elle monte comme des vagues et suinte entre les carreaux gelés de la cuisine.

Ce n'est pas la grande santé, en plus. Ma gorge est douloureuse. Je déglutis et ça me brûle jusqu'aux oreilles. Ma tête a enflé et je n'ai rien pour me soigner sauf des rincées de gentiane.

À l'intérieur je subis les jérémiades de ce foutu poêle et à l'extérieur c'est le ciel qui me pleurniche dessus par tonnes de glace. La bise me persécute, soufflant dedans comme dehors, aspirant chaque fente, chaque cavité, chaque brèche de mon chalet comme un monstre suceur de sang, obsédé à faire résonner son bourdonnement gelé dans mes oreilles.

Et je suis accablé de toutes ces pâtes que je bouffe, ces tubes qui goûtent la fumée et l'eau sale. L'hiver est arrivé comme un attentat sur mon alpage, il a brisé l'équilibre de mes journées, a cassé la vitre de la grande horloge du cosmos pour maintenir son aiguille sur minuit. Nuit profonde, consternation. Cet hiver veut tuer, détruire. La survie se joue dans les souterrains, bien bas, avec la sève recroquevillée et les bestioles endormies dans leurs terriers, c'est-à-dire dans la tombe, six pieds sous terre, bouffé par la vermine.

En plus, voilà que mes bronches sont atteintes, je crois ! Je tousse, crache. Y a pas même un putain de miroir pour que je m'ausculte ! Je suis emmitouflé dans les couvertures à la cuisine. Je n'ai plus la force de sortir, et à quoi bon ? Ramener ces branches pleines d'eau, ces fumigènes qui m'intoxiquent ? Voir la neige tabasser le paysage et perdre espoir de voir David arriver ? Bah non, je reste là, la gentiane me réchauffe. Et dans le poêle je brûle ce que je trouve : des livres, un tapis, le cadre d'un tableau, un tiroir, le manche d'un couteau. Je m'en fiche bien, je crame même quelques pages de Thoreau.

Roulé en boule devant le poêle, je repense au type ivre des Deux Sapins. Lui doit être de retour en Polynésie, au chaud, planqué entre deux palmiers, entre deux rouleaux turquoise, deux bancs de poissons scintillants. L'enfoiré.

Je suis épuisé et ma tête est tellement chaude, et grosse ! Le fourneau crapote dans mon visage, ce traître est bouillant puis glacé, c'est un enfer. Je sue puis claque des dents, ne parviens plus à discerner le chaud du froid. Je vivote par cycles délirants, somnole un peu, rêvasse puis reviens à moi, tousse, décide de fuir ce purgatoire et m'évanouis d'épuisement.

Quelqu'un a écrit quelque part que la Chine et l'Espagne ne sont qu'une seule et même terre et que c'est seulement par ignorance qu'on les considère comme deux pays différents. C'est évident. Je suis triste de ne pas avoir réalisé ça plus tôt. Enfin, bref.

Je crame d'autres bouquins, des bottins, le papier chiotte. Ça prend des couleurs étonnantes. Les flammes me font un de ces mal de tête. Faudrait que j'arrête. Et j'ai tellement chaud, maintenant. Chaud et froid en même temps. Comme la Chine et l'Espagne. Comme si j'étais quantique. Je suis une onde, en fait. Une onde gravitationnelle. Et peut-être que David me cherche mais ne me trouve pas car je suis introuvable, impossible à mesurer, ondulatoire, je fais des boucles de gravitation, suis une corde, une supercorde, en fait je suis pendu à une corde, voilà, pendu à la corde de Pré-Magnin. Pen-du, mon gars. Je suis pen-du ! Ouah, j'délire. Faut que j'arrête de brûler tous ces livres. Et il faut que je m'en aille, non ?

En début d'après-midi, ma fièvre baisse un peu, je crois. Mais c'est difficile de savoir une chose avec précision quand on est seul à en juger. Je n'ai pas peur, par exemple. Mais un autre pourrait avoir peur à ma place, et me refiler sa peur. C'est bête. C'est comme le froid : là je n'ai pas froid mais je ne me rends pas compte, peut-être qu'un autre me dirait que j'ai froid et qu'il aurait raison. Ou peut-être que, si je voyais une île déserte au soleil, ça me donnerait froid d'être là. J'sais pas. Franchement, il ne faut pas que je reste là, comme ça.

Il me semble que la neige a cessé de tomber, que le ciel gris la garde pour lui, pour gonfler ses prochains nuages. Allez, je mange et je prends la tangente. Mon corps est traversé de sacrés spasmes, j'ai un sentiment de déglingue, une envie de nourriture asiatique. Mais ce ciel presque clair m'encourage, allez, je me tire. Et de toute façon voilà, David ne viendra peut-être pas, il faut que je me casse de là.

Départ. Je prends la gentiane, on ne sait jamais. Et le bâton de berger qui crame dans le brasier, cette vieille branche, ça me fera une torche. Là, voilà, je suis prêt.

Fuck, ça caille bien dehors. Tiens bon, le ciel ! Retiens tes tonnes d'orage ! Garde-les pour toi, et surtout ne me les balance pas sur la tête, hein. Tu vas me crever si tu me fais ce coup-là !

Quelle misère, je m'enfonce dans la neige jusqu'aux cuisses. Et le vent me griffe les yeux avec ses flocons. La route, faut que j'essaie de me rappeler la route. Je dépasse le chalet, tourne autour. Oh non, ma torche ! Putain, le vent a tout éteint.

Allez, je continue, faut bien. Oh ! là là ! mais qu'est-ce que je fous là. Et je vais où ? Hé, y a des empreintes d'animaux, non ? Ici, sur la neige, toutes ces petites traces, tous ces petits rails dessinés. C'est quoi ? Où ça va ? Tchou-tchou. Locomotives sans chauffeur, compagnies de chemin de fer devenues folles, convois pour nulle part. Attendez-moi, je monte. Tchou-tchou, un thé chaud et un radiateur, je prends.

Oh ! La carcasse ! Un chevreuil, je crois. Toutes tripes dehors, éventré au pied d'un arbre. Ouah ! L'estomac comme un baluchon abandonné, un sac de peau et de sang rose rempli d'herbe en putréfaction. Et là, les intestins ! Comme des perles bleutées sur la neige… Dégueulasse. Voilà où s'en va la vie dans cet hiver meurtrier. La douce vie ensoleillée qui faisait gambader le gentil chevreuil dans les prairies. Finie, terminée. Ici, en décombres et boyaux. Arrêtée nette en pleine digestion. Tu broutes, tu batifoles, tu rêvasses, et, d'une seconde à l'autre, tu pourris sur la neige dans un nuage de mouches.

Ça craint trop. J'ai comme une nausée, en plus. Sapin, sapin, sapin, partout. Et ce chevreuil crevé. J'ai tellement chaud, putain. Franchement c'est, ouais, pfiou, c'est franchement ouah.

Il faut que je m'arrête. Je peux plus. Je tremble, je ne vois plus rien. La neige a l'air de pousser sur les arbres, de sortir de terre, de tomber du ciel, de partout.

Je suis comme dans une boule à neige. Mais tu vas arrêter de secouer cette boule ? C'est bon, là ! J'en peux plus ! Repose-moi !

Et y a comme un brouillard qui monte, aussi, ça fait un voile sur mes yeux. Un voile un peu gris. Ô pauvre de moi, putain… Crever là ! Dans ce tas de neige. Connerie. À me faire bouffer par le lynx.

Allez, viens ma gentiane, réchauffe-moi ! Oh, c'est dingue quand même de finir comme ça. Ça craint trop. Mais j'en peux plus. Et j'ai froid maintenant, vraiment froid.

12

On ne pénètre dans le royaume
de la paix que par les portes
de l'abnégation et de l'abandon.

Charles Lane, *Fruitlands*

Ah qu'elle est belle, cette lumière ! C'est une clarté vraiment stupéfiante. Elle brille et grandit à mesure que je l'admire. Elle m'appelle, me réchauffe, m'invite à une divine danse entre ses bras. Je m'approche, allez, encore plus, quand apparaît une silhouette en contre-jour. Puis la forme d'un visage, quelque chose de doux, une lueur éternelle. Un saint !

Bref. David dira plus tard que les phares de son pick-up ont fait briller mes yeux dans le brouillard et qu'il a freiné juste à temps. Il paraît que je délirais un peu et jurais beaucoup.

Je ne me souviens pas de tout, il me manque tout un tas de détails, dans ma tête ça fait comme du vent dans un arbre et je ne sais plus toujours quelle feuille va avec quelle branche. Mais je sais que je me suis endormi dans la chambre des enfants qui m'a paru d'un luxe et d'une sérénité fantastiques.

Et dans ce lit à étages bondé de peluches difformes, j'ai rêvé. J'ai vu la nature faire volte-face sous la contrainte de l'hiver. J'ai vu sa violence et sa cruauté. J'ai vu le lynx, cet assassin, cette fausse peluche. Je l'ai vu déchiqueter le chevreuil et rôder autour de mon corps endormi pour me dévorer, faire gicler mon sang encore chaud. J'ai vu ces arbres immenses se pavaner dans de sublimes couleurs et se faire passer pour calmes et sereins tandis que, sous terre, leurs racines s'affrontent dans une guerre absolue. J'ai vu tout ça et d'autres choses ensuite, plus douces, avec des teintes vives, de l'eau, des poissons, des îles.

À mon réveil David et Cécile sont là, indulgents. Ils m'ordonnent de rester chez eux, me libèrent l'une des chambres des enfants. Qu'est-ce qui les rend si bons ? Ils ont de la tendresse pour moi, ou de la pitié. C'est peut-être la même chose, d'ailleurs. Je les remercie pour leur bienveillance et fais mon autocritique.

César : trente ans, *poète romantique mais un peu ridicule*. Survivant des attentats de la nature, faux humain en pleine désillusion.

On te laisse pas y retourner ! me dit David. Bon, clairement, j'avoue ne pas être trop tenté. Ça me surprend qu'il m'en pense capable, d'ailleurs, qu'il me prenne pour un type courageux. Non, cette nature-là, cette violence et ce froid, pour moi ce n'est pas possible. C'est inhumain. J'ai un peu honte de ma lâcheté, mais les enfants me prennent maintenant pour un aventurier. Et Cécile pour un original pas inintéressant.

— La nature, ici, c'est rude… t'as eu chaud. T'étais un peu dingue de vouloir faire ça.

— Et Thoreau, alors ?

— Disons que c'est la version optimiste de la vie dans les bois ! elle rit.

— Idéaliste et romantique, oui.

— Et, bon, il vivait à deux kilomètres du village de Concord, au bord des voies ferrées. Il n'est pas allé se perdre comme toi. L'inconnu devant sa porte, c'était ça l'idée.

— La mort devant sa porte, ouais.

— Il parle de ça, à la fin de *Walden*, il évoque la dimension opaque de la nature, ce qui la sépare de l'humain, tout ça.

— S'il faut lire les livres jusqu'à la fin…

— On aurait peut-être dû regarder *Into the Wild* ensemble avant que tu partes, elle rit encore.

— L'acteur et la musique m'énervent.

— Sinon j'aurais pu te parler de Fruitlands, mais j'ai pas voulu te décourager. Et tu voulais vivre seul, comme Thoreau.

— Fruitlands ?

🔔 Votre iPhone n'a pas été sauvegardé depuis 125 jours

Elle me sert une tisane à la fleur d'oranger et m'explique : au milieu du XIXe siècle, Charles Lane, un Anglais, et Amos Bronson Alcott, un Américain, tous les deux un peu perchés, louent un terrain dans le Massachusetts et s'y installent avec une dizaine de proches. C'est la Nouvelle-Angleterre, le nouveau monde, l'utopie ! Ils rêvassent dans les pas du philosophe Emerson et sa doctrine transcendentaliste. Leur petite société veut vivre en harmonie avec la nature et selon les instincts primitifs de l'homme, éviter la vie cupide et vénale de la société, et se détacher des contingences de ce monde. Ils écrivent à Thoreau pour le convaincre de les rejoindre, sans succès.

Tous les membres sont végétariens, travaillent la terre et rejettent toute pensée indolente ou sentiment égoïste. Les profils sont étonnants. Il y a Samuel Larned, qui a vécu un an en ne mangeant que des biscuits et une autre année en se contentant de pommes. Et son truc à lui était de jurer constamment au visage de tout le monde – il commençait le matin par *Good morning damn you* – pour élever l'esprit de son interlocuteur. Un certain Joseph Palmer était aussi de l'aventure. Lui portait une longue barbe, chose interdite à l'époque, et a fait dix-huit mois de cachot pour avoir poignardé dans la jambe un homme qui l'avait agressé en raison de sa barbe. Trop heureux en prison, il refuse de sortir jusqu'à ce que sa mère, sur ordre du juge, vienne le chercher. Avec eux vivait encore Samuel Bower, un nudiste fameux que Charles Lane encourageait à porter un drap blanc en soirée par décence. C'est ainsi que toute la région a fini par craindre la présence d'un fantôme au crépuscule. Il y avait une sacrée clique, quoi, c'était autre chose que les guignols de Philip Morris.

Malgré ces forts caractères et la puissance de l'utopie, l'hiver a raison de leur dévotion au bout de sept petits mois ; Fruitlands redevient un champ en jachère coiffé de dix pauvres pommiers malades. L'utopie fait long feu, leurs idées s'évanouissent dans l'enthousiasme industriel, et ils abdiquent. Charles Lane, après quelques expériences sectaires et religieuses, finira sa vie en bon victorien dans la banlieue londonienne. Et, aujourd'hui, le Concord de Thoreau, Lane et les autres n'est qu'un bled décharné à trente minutes de Boston, capitale estudiantine où on enseigne le droit et la finance. Drôle de gueule pour un jardin d'Éden !

Toi, t'avais même pas de pommier à Pré-Magnin ! se moque Cécile. Six semaines, c'est déjà pas mal ! C'est pas le paradis, Pré-Magnin en hiver ! Pourquoi en vouloir toujours plus ? Ma quête personnelle l'étonne et l'amuse ; c'est bien normal, on s'inquiète moins pour soi que pour les autres quand on a deux bouches à nourrir. On se développe moins, personnellement.

J'aime bien apprendre deux ou trois choses avec elle et lire les bouquins qu'elle me donne. Mais je ne veux pas passer Noël ici, c'est trop étrange, trop familial, trop raisonnable. Il me faut un nouvel angle mort. Un retour à la nature qui fasse l'économie de cet hiver infernal et immonde. Et comme Cécile semble connaître deux ou trois choses à propos du paradis, de la nature et tout, je lui en parle.

Ah, la Polynésie ! elle me répond du tac au tac, et elle arrête ce qu'elle est en train de faire (le repas). Les deux gosses cessent aussi leurs activités (hurler et pleurer). Une spatule dans la main, elle me décrit ce paradis absolu. Les îles immaculées, les mangues à portée de main, les noix de coco qui roulent sur la plage, les poissons colorés, la douceur éternelle. Le bout du monde, son rêve réalisé en voyage de noces il y a une dizaine d'années.

Elle me parle d'un chanteur, d'un peintre, de poètes et de courageux voyageurs qui y ont trouvé la paix. Je lui parle du philosophe ivre des Deux Sapins, elle le connaît et confirme : il a trouvé son intervalle. C'était un type accablé de malheurs ici, et Tahiti lui a redonné l'envie de vivre.

Quelques photos sur Internet suffisent à démontrer que la Mère y est plus généreuse qu'à Pré-Magnin, qu'elle a concentré ses merveilles sur ces îles égarées comme on planque un trésor à l'abri des regards.

Et Cécile y est allée. J'ai envie de la croire quand elle me dit avoir aperçu le paradis. Quelqu'un qui résiste si bien à l'enfer familial doit être capable de reconnaître le paradis quand il se présente. On se fait une meilleure idée du chaud quand on a eu très froid. J'ai de bonnes chances d'apprécier Tahiti après les neiges de Pré-Magnin.

Ça te dit ? elle me demande. Je hoche la tête avec un sourire de gosse et elle continue : Alors t'es de ceux-ci, les voyageurs, la ruée vers l'or ! Pendant que Thoreau cherchait l'inconnu à sa porte, les autres traversaient les États-Unis pour aller chercher de l'or en Californie. Moi, j'ai toujours pensé que c'étaient eux, les plus courageux ! et elle prend dans son immense bibliothèque les bouquins des grands explorateurs et des amoureux de Tahiti. Bougainville, Segalen, Gauguin, Triolet, Loti, Radiguet. Tiens, c'est pour toi.

🔔 Votre abonnement mobile va être désactivé. Contactez votre opérateur pour davantage de détails

— Arrête de lui refiler tes bouquins et de lui mettre des idées dans la tête ! dit David en rentrant dans la cuisine.

— Oh ça va, je fais ce que je veux.

— Non mais arrêtez, hein, ne vous engueulez pas pour…

— Tu crois que ton idée de Pré-Magnin était mieux peut-être ?

— C'était pas mon idée mais la sienne, il répond.

Et merde. Voilà qu'ils se prennent la tête pour moi. Et ça inquiète les gosses qui viennent s'agripper à leurs pantalons avec un air tout vulnérable. Je me planque dans ma chambre, c'est trop gênant. Mais ils continuent et j'entends, de loin.

— Je vais pas vendre une vache pour qu'il aille se faire bronzer quand même !

— J'ai jamais dit ça, oh, tu fais exprès !

— Non, mais tu lui suggères des trucs débiles, là, le bout du monde.

— C'est pas moi qui lui suggère, c'est lui qui en a parlé. En quoi c'est débile ? C'était pas beau, peut-être ?

— Mais ça n'a rien à voir, et je te rappelle que ça nous a coûté un bras. Il va rester quoi, deux semaines, là-bas ?

— Justement, tu pourrais lui donner un coup de main. Ça fait des mois qu'il t'aide à la ferme pour une bouchée de pain.

— J'sais pas lequel aide le plus l'autre, tu sais.

— Tu me disais qu'il apprenait vite. T'es méchant.

— Oh arrête un peu. On l'aide déjà, c'est bon.
— On pourrait l'aider plus, c'est tout.
— Charogne pas.

Au repas, le soir, c'est un peu tendu. Le plus petit des gosses énerve tout le monde en répétant orditaneur, orditaneur, au lieu d'ordinateur. Et les deux s'en mêlent à poser des questions farfelues sur le bout du monde. Cécile essaie de leur expliquer avec une pomme mais ils veulent que ce soit moi qui explique. Je dis deux trois trucs, essaie de sculpter un palmier avec un Babybel et un bout de gruyère.

T'as rien compris, ça n'existe pas, le paradis ! La nature est ce qu'elle est, ni bonne ni mauvaise. Il te faut plus de temps pour la comprendre, c'est tout, me dit David. Tu peux rester là et apprendre. Qu'est-ce que tu fuis ?

Il essaie de me raisonner, et il n'a pas tort. Alors je lui dis de ne pas s'inquiéter. J'explique que la Polynésie, pour une raison étrange, m'intéresse. Que les Wagner, les flics et les assurances ne cessent de m'appeler, de vouloir me rapatrier dans leurs mensonges et leurs ennuis, qu'il faut que je parte. Que je dois me décider, me maintenir en mouvement pour ne pas me faire aspirer par cette sournoise fin d'année et ses flocons langoureux.

C'est un aventurier, moi j'en suis certaine ! conclut Cécile en ramassant les bouts de fromage tombés par terre pendant que les gosses essayaient de faire un Spiderman en gruyère. C'est con, mais l'enthousiasme de leur mère me donne une sacrée pêche. Et quand je doute, quand je me demande pourquoi pas plutôt Tokyo, Punta Cana, Milan, Fréjus ou rien du tout, Lausanne, Vevey, j'en sais rien, elle me fait un de ses clins d'œil maternels, l'air de dire allez, vas-y, ça va le faire, fonce.

🔔 Mettez à jour vos applications si vous souhaitez continuer à les utiliser

Pour me donner du courage, je feuillette les bouquins que Cécile m'a donnés. Le naturaliste Commerson, qui accompagnait Bougainville dans son voyage autour du monde en 1767, écrit que la Polynésie est « le seul coin de la terre où habitent des hommes sans vices, sans préjugés, sans besoins, sans dissensions. Nés sous le plus beau ciel, nourris de fruits d'une terre féconde sans culture, régis par des pères de famille plutôt que des rois, ils ne connaissent d'autre dieu que l'Amour ». C'est dans cette nature-là que je veux vivre pour devenir cet homme-là.

Pour Bougainville, Tahiti est un jardin d'Éden dans lequel « un peuple nombreux y jouit des trésors que la nature verse à pleines mains sur lui ». Et Cook d'ajouter que « la terre produit presque spontanément, ou avec très peu de travail, tous ces fruits ou plantes » et que « la bienveillante nature a pourvu les Tahitiens à profusion non seulement du nécessaire, mais du superflu ». Fruitlands aurait pu fonctionner là-bas !

Alors je monte mon petit projet, je prépare mon évasion. Je fais ça entre deux traites, je rêvasse dans ma salopette, imagine des dates de départ, les doigts gelés. J'ai envie de dire que je donne un coup de main à David, mais c'est tout le contraire, c'est évident. Tu apprends vite, il me dit, et j'entends T'y arriveras jamais, t'es pas fait pour ça. C'est vrai, je ne suis vraiment pas taillé pour l'agriculture, l'élevage, tout ça. Et encore moins pour ce froid cassant qui me bouffe et me sèche la tronche à me faire chialer. Lui a l'air bien, sous son bonnet, avec ses jolies petites fossettes.

Même les vaches ne sortent plus, trop frileuses. Et avec le soleil qui s'éteint avant 5 heures, on voit à peine les jours passer, reclus à l'intérieur, entre les lampions des gosses, les bougies, le panettone et le sapin de Noël.

Je fais des roses avec les pelures de mandarine, joue avec la cire des bougies. Mais, surtout, je me mets en condition. Dans ma chambre, le soir, je regarde sur Internet des images de webcams qui filment la Polynésie en direct. Il faut attendre la nuit, notre longue nuit, pour que se lève leur soleil orange sur les plages.

Et je fais défiler les toiles de Gauguin, les violets, les verts, ces bouquets de couleurs qui me semblent presque avoir des odeurs. Ici, les gris m'étouffent.

Aujourd'hui, 16 décembre, le calendrier familial indique LA JOURNÉE DU BISCUIT. Toute la famille s'active en cuisine avec le renfort de la grand-mère et des cousins. C'est une dinguerie. Cécile vient me chercher pour me proposer d'y participer. Je sors de ma couette Spiderman et me joins à la fête. Entre les étoiles à la cannelle, les miroirs, les milanais, les florentins, je ne peux éviter de me souvenir que le

16 décembre est aussi le Noël de Philip Morris. C'est la première date qu'on réserve dans notre agenda, la fête dont tout découle et où tout retourne, notre solstice. Me reviennent les danses, le champagne, la soie, les dos nus, le body de la DRH, les cigares, la fontaine à chocolat... Ça me fume, ces souvenirs... Hé non, les noix ! me fait soudain Cécile. Je m'excuse, arrête de les manger et reprends ma tâche qui consiste à étaler de la pâte et découper des croissants de lune avec un emporte-pièce. N'empêche que je reste un peu troublé. Je crois que ça me manque, juste là, Philip Morris... On est en retard, il faut faire fondre le chocolat pour les florentins ! Au taquet ! dirige cette fois-ci la grand-mère. Je m'y colle. Le bon chocolat fondu, dans lequel on trempe nos doigts en fin de soirée, cette débauche sucrée et douce, c'est quelque chose.

Cécile conte mes aventures, et la grand-mère a l'air de me trouver idiot. David tempère en disant que j'apprends. Ben il a qu'à faire un apprentissage, alors ! fait la cousine, pas tendre. Mais non, c'est un voyageur ! redit Cécile en me souriant. La grand-mère me bouscule pour enfourner une plaque de biscuits, et je crois l'entendre chuchoter Trou-du-cul mais je ne suis pas sûr. Et évidemment les deux gosses se brûlent en touchant les biscuits chauds et ça part en sucette.

Pire encore, ensuite. Pendant que je surveille la cuisson des florentins, la grand-mère farfouille sous le sapin et compte les cadeaux. Il est pour qui, celui-ci ? qu'elle fait. Moi ! Non, moi ! font les gosses. Cécile s'approche. Il est pour César, celui-ci, de cadeau ! elle affirme, enjouée. Putain, la bombe nucléaire ! Les deux petits partent en larmes, une catastrophe. Et la grand-mère a de ces regards pour moi. Des sales regards de vieille, avec de l'expérience, bien jugeants.

Là, je comprends que cette famille n'est pas la mienne. Je le savais, hein. Enfin, je veux dire que j'ai des parents, que je les connais, et qu'ils ne vivent pas là, qu'ils sont ailleurs. Je me justifie parce que la grand-mère me fait : En fait, César, c'est César, c'est juste ? Vos parents ne vivent pas en Suisse ? Vous n'avez nulle part d'autre où aller ? Je lui explique vite fait, le divorce, la garde alternée, les galères, tout ça. Mais elle s'en fout, je crois, sa question voulait juste dire casse-toi, et maintenant elle câline ses petits-fils sans m'écouter pendant que certaines de mes phrases se terminent et que d'autres sont abandonnées en chemin. Et David s'en va à la traite, sans moi, suivi par la grand-mère qui lui tend ses bottes et sa salopette.

Tu te rappelles, Arnaud ? On l'a emballé ensemble, ce cadeau, en disant que ce sera pour César ! dit Cécile à son fils, pendant qu'il hurle. C'est un livre, on l'a mis là hier, elle continue. Rien à faire. Les deux gosses n'en peuvent plus. Dans leurs cerveaux quelque chose leur commande de hurler. Le voilà, le bout du monde : le cerveau d'un gosse.

Il faut que je m'en aille, que je tienne ma promesse, continue d'avancer. Je n'ai pas quitté un Noël au champagne pour ce bazar familial, cette tornade d'affects autour du sapin. Pas ça. Alors, c'est décidé, je pars le 20. Je les laisse à leurs fêtes, leurs logiques, leurs accordages. Moi aussi j'ai le droit de faire des caprices. Mon cerveau me commande de fuir ce gris et ces bougies pour les couleurs de Tahiti. Et si c'est un peu naïf, tant pis.

Je vide mon compte. Ce n'est pas grand-chose mais largement suffisant pour partir et apprendre à se passer d'argent. De toute façon je ne possède rien d'autre, tout a brûlé, et tant mieux. Je laisse les cendres ici, avec la paperasse, mon portable, les flics, les Wagner, David et sa famille. Qu'est-ce que je risque ? Ils se passeront tous de moi, comme je me passerai d'eux. On ne doit jamais manquer de rien sous le soleil.

J'embrasse mon fidèle David qui me regarde partir comme une de ses vaches à l'abattoir. C'est comme ça, il semble penser. Oui, ce sera comme ça, comme dans les bouquins de Cécile, dans les tableaux de Gauguin, coloré et chaud. T'inquiète, je lui dis. Et j'emporte le cadeau de Noël de Cécile et des enfants, le fameux bouquin. C'est eux qui l'ont choisi ! elle me fait. Tu verras bien ! Oui, je verrai. Je me réjouis.

🔔 Tout votre contenu, vos données et vos réglages seront supprimés. Cette action est irréversible. Souhaitez-vous continuer ?

13

Aue ! Aue ! a munaiho te tiaré iti
tarona menehenehe !...
Aue ! aue ! I teienei ra,
na maheahea !...

Hélas, Hélas ! Autrefois elle était jolie,
la petite fleur d'arum !...
Hélas ! Hélas ! Maintenant
elle est fanée !...

Pierre Loti, *Le Mariage de Loti. Rarahu*

Ouah, la touffeur ! Arrivé sur le tarmac de Tahiti, échiné par les heures de vol depuis Paris et la compagnie de ces faux humains, je prends une touffeur monstrueuse dans la face. L'air est lourd et épais, il nous emballe dans la nuit, épaisse elle aussi. Un taxi m'emmène jusqu'à mon hôtel de Papeete. Le conducteur me demande comment est Paris en décembre, il rêve d'y aller un jour, veut voir les Champs-Élysées et marcher sous la tour Eiffel. Il parle un français très étrange, un peu vrillé. Dehors, les odeurs sont dingues, et j'aperçois quelques formes irréelles se découper sur l'horizon violacé dans le clair de lune.

Dans mes bouquins, les voyageurs accostent en bateau, après des semaines, l'esprit rendu vierge par l'aridité des jours passés en mer. L'air tiède puis chaud les a déjà travaillés avant leur arrivée, tendrement. Les paysages se sont imprimés avec douceur, jour après jour. Leurs corps ont été modelés par tous les levers et tous les couchers, la houle, les ondulations, l'attente. Avec l'avion, j'ai le sentiment de venir à ces îles trop vite, sans gestation, d'un coup. Je glisse en un rien de temps de la nuit froide de l'habitacle à cette haleine chaude et humide, la gueule d'un monstre inconnu. Arrivé à l'hôtel, je crains de voir le jour se lever et de faire connaissance avec la créature.

Dans ma chambre tout est boisé et huileux, ça sent le savon ou le parfum, une odeur sucrée. Je m'assieds à la fenêtre, n'ai pas sommeil. J'aimerais voir blanchir la ville lentement. Des mobylettes pétaradent dans la rue, en bas, et des voix éclatent.

Il y a des femmes sur des talons, des bagnoles, on s'arrête, se parle, quelquefois la femme est embarquée. Je regarde ailleurs. Les plaques d'immatriculation sont françaises, c'est bête mais ça a quelque chose de rassurant. J'ouvre la fenêtre et, vraiment, les effluves sont déments ici. Y a tout de suite un goût de feuillage qui me vient, comme si la créature s'était mise à ruminer.

Et quand la rue s'allume enfin, quand la lune tire sa révérence, le sommeil fait tomber sa langueur sur moi. C'est le décalage. Le monstre s'éveille et je me courbe. Mes horloges sont en avance, sinon en retard, l'avion va à rebours du temps cosmologique, dérègle le corps humain.

Je décide de sortir quand même, d'aller voir. Le soleil semble chaud avant même d'être tout à fait sorti de sa boutonnière émeraude, là-bas. Je traverse quelques ruelles sales et bruyantes, me traîne. Il y a tellement de voitures, de motos, de gaz, de métal, de vitres, de goudron. C'est bête, hein, mais je m'attendais à de la nature, rien que de la nature.

J'avance, me rapproche de l'eau. L'air moite m'engourdit au lieu de m'animer, et, dans le port, les ferries et les paquebots me semblent peser des millions de tonnes. L'océan est très gris, comme après une longue nuit agitée. Au loin j'aperçois des îles vertes et noires dans l'aurore beige, des pics veloutés et aériens.

Deux chats traversent la route. Ils sont étonnants. Ils donnent l'impression d'être persuadés que l'autre côté de la route est plus séduisant. Est-ce que tous les chats pensent que l'herbe est plus verte ailleurs ?

Je retourne à mon hôtel par ce qui me semble être un centre-ville. Toute l'armada citadine est là, brinquebalante : Allianz, Société Générale, Vodafone, Carrefour. Sur une place, le Père Noël a installé son traîneau et entassé ses cadeaux. Plus loin, je passe à côté de la cathédrale Notre-Dame de Papeete et de la place Jacques-Chirac. Et toujours cette envie de dormir qui me plombe, de plus en plus, même. De retour dans ma chambre, je m'écrase dans le lit, pas certain d'être encore tout à fait arrivé au paradis.

Vers 17 heures je suis enfin d'attaque. Déphasé et à l'ouest, tout à l'ouest, mais d'attaque. Surtout, j'ai faim.

Le soleil est déjà apprêté pour son coucher, poudré de rose. J'ai tout manqué, quoi. Et, dans la rue déserte, on sent rôder les derniers effluves de la chaleur du jour qui a contraint tout le monde à la sieste.

On a vite fait le tour de Papeete, de ses boutiques et de ses restaurants fermés. C'est déjà la troisième fois que je passe devant le Père Noël sur la place Vaiete. Oh, Oh, Oh ! il me fait, un bout de papier dans sa main qu'il me tend. Je prends. C'est un bon pour un Big Mac. C'est loin ? je demande.

La ora na e maeva, bienvenue au McDonald's. Je me demande ce que je fais là. L'instinct, j'ai envie de dire, mais ça m'embête un peu. Les odeurs sont enfin familières, ici. Le menu aussi. Même l'attroupement d'obèses me fait un certain bien, comme un réconfort.

Sous le filet de climatisation, entre l'océan turquoise et l'avenue du Général-de-Gaulle, je prends mon premier repas au bout du monde. Big Mac, Coca, et un Filet-O-Fish avec du poisson garanti du Pacifique.

Dehors, pour ses vingt ans, l'enseigne propose un défi top-chrono au MacDrive : ils s'engagent à préparer la commande en quatre-vingt-dix secondes, et, s'ils échouent, ils offrent trois cookies au client. Amen.

Mon affaire terminée, pas très fier, je me tire fissa. Le soleil s'est couché d'un coup pendant que je mangeais. Maintenant, les Tahitiens ressortent et installent de petites tables et des roulottes sur les places et les trottoirs. Je n'ai plus faim mais les senteurs sont virevoltantes, poisson, citronnelle, cannelle, fleurs et fruits fermentés. Et l'horizon reprend ses airs d'inconnu, les volcans vert et brun tournent au violet.

Je retourne à l'hôtel, ressens comme un besoin de repos et de calme. Je pourrai ressortir plus tard, prendre mon temps. Dans les livres offerts par Cécile, je lis d'interminables descriptions des paysages et des habitants de Tahiti. Et quel étonnement, toujours, devant ces rites, ces croyances. Ça n'en finit pas de décrire, de s'extasier, de s'étonner, de désirer, par dizaines de chapitres, d'île en île, d'un bateau à l'autre.

Quelle nature ! Quand il fait beau : quelle beauté ! Quand il fait gris : quel mystère ! Et sous l'eau, quelles couleurs ! Les poissons comme des œuvres d'art ! Et le chant du coq ! Et l'eau à perte de vue, le sentiment de fuite, le joyeux tournis ! Mais, surtout, la beauté des femmes ! Leur étrange virilité ! Ces yeux qu'elles ont ! Leurs seins ! Et le poisson frais, les fruits, les fleurs ! Ah, les fleurs ! L'indescriptible parfum, l'inestimable cadeau…

Un peu avant minuit, je descends dans un bar voisin de mon hôtel. Le rhum embaume la terrasse et se mêle aux senteurs de bougainvilliers et de frangipaniers qui adoucissent l'atmosphère. La télévision crachote sa rengaine en arrière-fond. Et derrière le bar, une publicité.

« IQOS chauffe le tabac sans le brûler. Cela change tout. Prêt pour la révolution ? »

Je commande une Hinano à la pression et engage la discussion avec le barman.

— Qu'est-ce que vous me conseillez de faire, par ici ?

— Quoi ?

— Je viens d'arriver, je découvre, vous avez des astuces à me donner ?

— Ben, tu veux faire quoi ?

— Je sais pas, profiter, me reposer.

— Faut aller à ton hôtel, demander.

— Non mais… pas comme ça… Est-ce qu'il y aurait pas un petit coin, une île, un peu planquée, tu vois ?

— Non.

— Un petit coin de paradis, quoi ?!

— Le *popa'a* là il cherche le paradis ! il crie dans le bar.

— Dis-lui qu'il est en retard.

— *Hūrō* ! Y a plus de paradis ici, *popa'a* !

— Je suis *fiu* ! *Fiu* des *popa'a* !

— *Titoï* le *popa'a !* Y a pas de paradis ici, quelle bêtise !

— *Farani*, ils veulent tous venir mourir ici !

— Dieu te garde *popa'a*, et tu le verras peut-être un jour !

— Oui, *'Ia tīa'i mai te Atua iā 'oe* !

— *Nana !* Et *'Ia 'oa'oa i te Noera !*

J'te dis pas la mélodie de leurs voix ! Extraordinaire. Un Français, *farani,* comme ils disent, vient s'asseoir près de moi.

— T'as un siècle de retard mon frère, il me dit. Y a plus de perles, plus de coraux, plus rien. Bois et danse, la Hinano est bonne et les femmes pas farouches. Mais ne les embête pas avec ton histoire de paradis, tu comprends ?

OK. C'est vrai que la bière est bonne, très légère. Alors bon, je reste là, sous les ukulélé qui jouent des mélodies insulaires.

Le lendemain je me réveille vers midi après une nuit passée sur Polynésie La Première. J'ai regardé « Alors on danse », « sous la direction d'une danseuse contemporaine et d'un danseur traditionnel, de jeunes personnes handicapées polynésiennes montent un spectacle de danse. Ils sont aidés par deux danseuses spécialisées venues de métropole. Échange de savoir, de culture et d'émotions ».

Sur une autre chaîne, un type affligeant chantait :

« *Mesdames et Messieurs, bonjour,*

Vous êtes sur le vol 777 à destination de Papeete, Tahiti,

Je suis le commandant Keen'V, bienvenue à bord,

Un jour, j'irai à Tahiti, c'est là qu' j'vivrai ma meilleure vie,

J'ai pris mes billets Air Tahiti Nui,

Le voyage durera une journée et une nuit,

T'as compris l'idée, je veux fuir l'ennui,

Là-bas, c'est tout heureux un coin de paradis. »

J'essaie de louer un scooter pour aller à la découverte de l'île, mais tout est réservé. C'est la période de Noël, enfin ! me fait un type quand j'essaie d'élever la voix et de négocier à la façon des voyageurs chevronnés. C'est vrai que, dans le ciel azur, les avions ne cessent d'aller et venir. Et les touristes se font livrer voitures, motos, bateaux et jet-skis directement à l'aéroport. La combine est très organisée, le chemin vers le paradis bien balisé.

Le soir, dans le même bar que la veille, je vais prendre un verre. Je me dis qu'ils vont me reconnaître, qu'on va tisser des liens. Je commande une Hinano à la pression mais le barman me sert une Heineken à 10 euros. Et quand j'essaie de lui parler, il ne m'entend pas. Je vais pas t'embêter avec mes questions, hein ! je lui dis, mais il m'ignore. Tout autour, des types en marcel éclatent de joie avec des rires aigus. Et moi je me demande de quoi ils peuvent se réjouir, tous, quel est leur motif.

— Ce sera la dernière ! fait un type au barman en posant son verre vide sur le bar à côté de moi.

Il a une très grosse tête avec un coup de soleil dessus.

— Salut ! il enchaîne en me regardant.

— Salut.

— D'où t'es ?

— Suisse.

— Sans déconner ? Moi aussi, ch'uis un Helvète !

— Ah cool, César.

— Dan. Tu fous quoi ici, tout seul ?

— J'avais besoin de changement.

— M'en parle pas, wesh. Tu sais pourquoi j'suis là, moi ? Recommencer ma vie. Tout changer. Faire autrement. Tu vois ?

— Ouais bien sûr, justement, moi aussi…

Là, le barman lui sert sa bière, une Heineken aussi, à 15 euros.

— Tchin-tchin alors ! La Lorata, comme ils disent ici ! et il frappe mon verre avec le sien.

Puis il prend un air sérieux, incline sa face toute ronde vers le sol et commence à me raconter :

— Écoute, j'ai vécu un truc de dingue sur Genève, là. Je sortais avec cette go, Chloé. Une fille bien, je croyais. Ça faisait deux ans et, un jour, je remarque, j'sais pas, qu'elle est différente, genre, tu vois ? Un peu en retrait, j'sais pas comment dire. J'essaie de parler avec elle, tu vois ? En vrai faut parler. Si tu veux un conseil : communique, toujours. La communication, c'est trop important, en vrai. Et du coup… attends, j'en étais où ? Ah oui. Donc, en gros, elle me trompait. Cette pute.

— Comment tu l'as su ? je demande, sans trop le vouloir.

— Son téléphone ! Si tu veux un conseil, ne fais pas ça, va jamais regarder dans le téléphone de celle que tu aimes.

— Tu l'aimais, donc.

— Ouais, enfin non, j'étais bien avec, quoi.

— Mhm.

— Du coup, je me dis, merde, il faut que je la trompe, et tout. Tu vois ?

— Mhm.

— Logique.

— Mhm.

— Donc je cherche un peu à baiser ailleurs, tu vois.

— Mhm.

— Et là j'ai vu que c'était pas une vie pour moi, tu vois, ce truc où les meufs font leur marché, Tinder, et tout. Du coup j'suis parti, j'ai dit fuck, quoi.

— T'es venu là ?

— Ouais mon gars ! il hurle en ouvrant les bras. C'est stylé, ici. En fait, j'ai une pote qui bosse sur Moorea. J'ai passé deux semaines là-bas, dingues.

— Moorea c'est une île, c'est ça ?

— Ouais, juste en face, un putain de paradis. On t'apporte ton déjeuner en pirogue, l'eau est turquoise comme un bijou, et t'as rien qu'à bouffer des fruits toute la journée et qu'à nager avec les poissons.

— Et maintenant ?

— Je rentre, là. J'ai mon vol demain.

— Ah déjà ?

— J'avais juste deux grosses semaines de vacances. Et j'ai décidé de pardonner. Je vais revoir Chloé, tu vois. Faut qu'on parle, qu'on communique mieux.

Dan paie nos bières et me prend dans ses bras. Il me suggère de passer les fêtes sur Moorea, me dit d'aller voir Poupette, sa pote au Manava Hôtel. Je ne comprends pas trop quel genre de mec c'est, ni ce qu'il fout là, mais peu importe, finalement. Je lui promets de faire cap sur Moorea. De me laisser rouler sur le flanc de collines rouges et orange, sous de grands palmiers bleus. De m'évanouir dans les pétales doux et sucrés qui décorent les cheveux des filles, de dégringoler jusqu'à leur peau brune et chaude. Et de manger les fruits sur les arbres, de jouer avec les chiens et les lézards, assis en tailleur, noyé dans les reflets verts de l'eau. Je lui dis qu'un trait blanc découpera l'horizon comme un disque et que je tournerai sur moi-même tandis qu'il volera. Qu'on sera tous les deux étourdis de légèreté. Que la vie sera belle et douce. Et deux trois autres conneries, aussi. Eh t'es un vrai ! qu'il dit, t'es un vrai chercheur de paradis ! Il me fume, ce con.

César : trente ans, *chercheur de paradis*. Ancien faux humain en sérieuse transition vers l'authenticité.

14

Si vous croisez mon ex-moi,
vous pouvez l'étrangler
Lui jeter des pierres, le piétiner,
mais surtout pas l'réveiller
J'veux plus l'voir, j'veux pas croire
qu'il ait pu exister
Fermez vos yeux et écoutez vos corps,
encore, encore
Laissez parler vos corps, encore, encore.

Georgio, « Ici-bas »

À la descente du ferry, au port de Moorea, les touristes sont triés en fonction de leur hôtel et rangés dans des navettes. En voyant mon sac et ma tente, un membre de l'équipage me demande où je vais dormir. Sur la plage, je réponds, mais il me l'interdit, un *popa'a* ne peut pas dormir dehors ! Dedans, dehors, quelle importance, ici ? Les nuits sont si chaudes, je peux dormir dessus, à côté, dessous, tout me va. Lui dit que les plages sont privées, que je ne suis pas autorisé à camper, qu'il faut que je retourne à Papeete, que tous les hôtels sont pleins. Oh non, pas ça. Alors je chouine un peu, lui parle du Manava, lui dis que je connais quelqu'un là-bas, et on m'embarque finalement dans une navette avec une vingtaine d'Anglais, d'Allemands, de Français et de valises Louis Vuitton.

Le Manava Beach Resort & Spa se tient dans l'eau par bungalows sur pilotis. Le délire. Les enfants font mine de pêcher avec leurs perches à selfie depuis le ponton. Dans la piscine, leurs parents boivent de longs cocktails colorés sous de larges chapeaux. Quelques couples en lune de miel sont au champagne, tout ça est très festif.

— On économise depuis deux ans pour s'offrir ça… c'est un rêve… on revient du *Sunset Tour*, un tour en bateau pour découvrir les secrets de la Polynésie, magni-fique ! me dit Céline, qui attend le retour de son mari du *fitness* où il passe ses journées. Aujourd'hui c'est *leg day*, elle me dit, en pouffant dans son spritz.

À l'ombre végètent les plus vieux et leur peau fripée qui prend de drôles de reflets. Pas convaincus du paradis de l'au-delà, ils m'ont tout l'air d'être venus finir leur vie à l'endroit qui s'en rapproche le plus sur terre. Tous ces vieillards ont le même air de dénouement. Je me demande quand même où est-ce qu'ils trouvent tout cet argent ? Combien de dizaines d'années de privation pour ces quelques semaines de jouissance ? Combien de combines, de petites arnaques, de coups de salaud ?

Bon, je les comprends. C'est vrai que la vie ici paraît avoir quelque chose de merveilleux. Ça passe des heures dans le lagon en kayak, flotte sur des cerceaux émeraude dans les bouffées de ce soleil du bout du monde. Des reflets indigo, pourpre et fauve vont et viennent à la surface de l'océan comme si un peintre venait d'y plonger son pinceau. Les corps brunissent doucement et diffusent un parfum de monoï et de caramel. Ça mange des fruits tout juste cueillis, du poisson pêché au réveil, tout ça me semble assez dingue. Et les âmes se relâchent, s'épanouissent comme une fleur de tiaré, se dilatent de contentement, paraissent profondément joyeuses. Alors les gens tout autour paraissent également admirables, soudain ils prennent des airs de compagnons. Et ça finit par ne plus penser à rien, à prétendre que là, ah oui, vraiment, c'est le bonheur.

Oui, mais ce petit cirque a un coût : 550 euros pour une nuit. Et puis, tout ça a un terme. C'est un plaisir exorbitant et limité dans le temps. Le genre qu'on croit devoir mériter en souffrant dans un travail insensé et aberrant, et qui ne s'apprécie que pour un temps très court. Le compteur est malhonnête : *J-350* avant les vacances à Moorea, puis *J-10* avant la fin des vacances, et encore *J-350* avant les suivantes. C'est un paradis trop chrétien.

Du coup, je demande à la réception s'ils connaissent Poupette, dont Dan m'a parlé. On me la montre du doigt, plus loin, derrière un comptoir, et me fait attendre un instant. Je m'installe dans un grand fauteuil, à une dizaine de mètres. Mon inconnue est retenue par quelques touristes, leur parle, mais guigne quelquefois dans ma direction pour me sourire.

Sa peau est brune comme le bois de mon fauteuil. Nuque fine, poignets délicats, elle est de la famille des roseaux, femmes souples, élancées. J'essaie de deviner son nom, son odeur, mais toujours mes pensées bifurquent et me reviennent avec le même questionnement : qu'est-ce que je vais lui dire ?

Après son dernier client, elle se lève, salue sa collègue et se glisse derrière une porte. J'entrevois qu'elle enlève son polo turquoise Manava Beach. Elle s'avance vers moi, maintenant. Son maillot de bain lui fait de jolis petits seins fermes.

— Ola ! elle me fait.

— Hé !

— Dany m'a parlé de toi.

— Ah ouais ?

— Il m'a écrit un petit mot. Comment est-ce que tu le connais ?

— Je ne le connais pas, en fait.

— Ah, d'accord. Suis-moi, on se casse de là, ça pue la thune.

— OK, vas-y.

— Tu parles une autre langue que le français ?

— Anglais, oui.

— Alors, guide touristique ! elle dit.

— Quoi, guide touristique ?

— C'est ce que je te propose.

— Euh, mais je connais rien de la région.

— Pas grave. Tu sais inventer des histoires ?

— Oui, ça va, normal, quoi… Quel genre d'histoire ?

— Peu importe. L'épave de mille pieds, la baie aux plumes, le rocher des navigateurs. C'est pas l'histoire, qui compte.

Elle m'indique de suivre la plage. Elle marche vite. Je la trouve jolie et très entreprenante.

— En fait je suis arrivé hier et, tu vois, je découvre, je cherche un peu à…

— T'inquiète, on va tout t'expliquer. Tu viens d'où ?

— Suisse.

— Ah, c'est ça.

— De quoi, ça ?

— T'es suisse, t'as dit.

— Ouais.

— Détends-toi, tout va bien se passer.

— Non, mais ça va, hein, je suis chill.

Pourquoi est-ce que tout le monde me dit toujours de me détendre ?

— Mais je connais vraiment rien ici, tu sais, je reprends.

— Tout va bien se passer, je te dis.

— Ouais.

— Les touristes s'en foutent, de toute façon, ils n'y connaissent rien. Ils veulent juste un tour en bateau, deux trois selfies.

— OK, donc tu fais ça, en fait ? Des tours en bateau pour les clients de l'hôtel ?

— Pas pour l'hôtel, pour moi. C'est notre business. Et là, on a trop de succès, on recrute un guide.

— Mais j'suis pas guide.

— Arrête.

— Non mais, sérieusement, Poupette, j'ai une dégaine de guide ?

— Oui.

— Déconne pas.

— T'as une tronche de guide. Et avec un tatouage maori ce sera parfait, elle rit.

— N'importe quoi.

— Viens dormir à la maison, de toute façon y a pas de chambre libre à tes tarifs. Et c'est Noël.

— J'ai l'air si pauvre que ça, tu m'invites pour Noël ?

— Les amis de Dany sont mes amis.

— Mais j'le connais pas, je te dis.

— Lui t'adore.

— Ah, voilà.

Elle rit encore, et on entre dans une grande cabane au bord de l'océan à laquelle sont attachés deux petits bateaux. Les fenêtres sont couvertes de voiles blancs qui dansent dans un vent chaud. Un type se présente, il s'appelle Adri. Il a une drôle de gueule, un peu de travers. C'est lui qui a monté la combine, il conduit les bateaux. À vingt touristes par bateau, 30 euros par tête, deux fois par jour, ça marche. Ils cherchent quelqu'un qui parle anglais, et me voilà.

Moi qui débarque tout juste, avec mes bouquins de Segalen et de Bougainville, j'ai rien d'un guide. Ça se voit que tu sais raconter des histoires ! insiste Poupette. Ah, au fait, elle s'appelle Natacha. Natacha insiste et je capitule, après tout, peut-être qu'ils ont raison et que c'est quelque chose qu'on porte sur sa face, l'imposture.

J'essaie d'en savoir plus, d'où vient l'idée, quels sont les risques. Je t'ai dit, il est suisse ! elle prévient. T'inquiète, détends-toi, aucun risque, c'est clean ! me fait Adri, ils paient 30 euros pour un transat sur la plage, ici, alors crois-moi, quand on leur facture ça pour un tour un bateau de trente minutes, personne ne mouche !

Natacha rabat les clients de l'hôtel et joue la guide, Adri pilote le bateau. Avec une petite publicité sur Instagram ou Facebook tu remplis un bateau ! Les gens se font chier ici, dans leur hôtel cinq étoiles ! Ils savent pas quoi faire, comment s'occuper. On se fait des semaines à plus de 5 mille euros, ici, les pieds dans le sable ! il promet. Sur Paris, j'ai eu que des galères, des jobs de merde. J'suis acteur, hein, j'ai fait le cours Florent, mais j'ai toujours crevé la dalle. J'ai fait figurant dans *Faites entrer l'accusé* pendant trois ans... On a reconstitué des crimes dans toute la France. J'te jure, des fois, on passait une journée entière à me filmer ouvrir une porte de voiture, monter, descendre, ouvrir le coffre, le fermer. Toujours flouté, de près, de loin, de jour, de nuit, un délire ! J'ai fait le mort, aussi, plusieurs jours ! Et après fallait tourner encore une scène au tribunal, dans un magasin, devant un tas de paille, dans la forêt, mais sans que jamais on voie mon visage. Jamais ! Ma mère a regardé tous les épisodes en espérant me reconnaître un jour... rien. Même Hondelatte, ce con, et l'autre chauve, j'les ai jamais rencontrés. Une vie de misérable, j'te dis. Je revis, ici.

Je les accompagne pour leur Sunset Tour de 17 heures. Les clients sont français et espagnols. Le show commence, Natacha enfume tout le monde direct : On ne peut malheureusement pas la voir aujourd'hui, mais ici, à 25 mètres de profondeur, se trouve l'épave d'une pirogue maorie datant du début du siècle passé... cet endroit était autrefois appelé

Vaiatea car ici, selon la tradition, se cacheraient des esprits… et c'est là qu'une baleine de plus de 40 mètres a été aperçue il y a très longtemps, selon la légende, et elle aurait aidé à protéger la Polynésie de ses ennemis… Et pour les Espagnols : *el pequeño punto de… da la montaña se llama pico dorada…*

Du grand art. Franchement, ils ont un sacré talent. C'est pas très différent de ce que tu faisais à ton taf, non ? me fait Natacha de retour à la cabane. Non c'est vrai, ce n'est pas si différent. *Feel good story*, l'offre et la demande, tout ça. T'enfumes et tu bidouilles, mais là, tu le fais au soleil ! elle complète. Très juste.

Adri me sert à boire. C'est beaucoup ! je lui dis. Il me sert comme un âne. Ce sera parfait ! corrige Natacha. On écoute de la musique à plein volume, de l'électro minimale. Ils vivent comme de grands adolescents. T'as raison, on fait notre crise, il me dit. Mais c'est pas l'adolescence ni la quarantaine, non, c'est des trucs de psychologues, ça, de dater les crises, de les organiser. Pour nous, la vie entière est une crise. Y a ni début ni fin. Pas vrai ?

On rit beaucoup. Ça me fait du bien. Et je suis rapidement ivre. Le rhum m'emporte, tout brille et chancelle comme la flamme d'une bougie. On se prend dans les bras, j'essaie de danser. On se dit Joyeux Noël.

Et alors, c'est extraordinaire. L'ivresse, comme le paysage, est du bout du monde. Elle est dans le lointain de mon corps, l'écho, les résonances. Tout est étrange et différent en dedans et en dehors. C'est avec les couleurs de Tahiti, des bleus ahurissants et des verts hallucinants, que mon esprit est griffé par l'alcool.

J'ouvre mon cadeau de Noël, c'est le bouquin d'un certain Héraclite, *Fragments*. Je ne connais évidemment pas. Y a des billets de 20 francs entre les pages et un petit mot de Cécile qui m'encourage à trouver le paradis. On lit des passages sans rien comprendre : « Par rapport au dieu, le plus savant des hommes n'est qu'un singe en matière de savoir, de beauté, comme toutes les autres qualités. » Adri se met à couiner comme un singe et se gratter sous les bras. « Tu ne saurais entrer deux fois dans le même fleuve », et là ce guignol court dans l'eau et hurle : dans l'océan, si ! On sait entrer plusieurs fois ! Puis : « La vie et la mort sont une seule et même chose ; de même, la veille et le sommeil, la jeunesse et la vieillesse ; car les premiers de ces états sont devenus les seconds et les seconds, à rebours, devenus les premiers. » Compliqué, Héraclite. Et celle-ci : « L'homme, quand il est ivre, est conduit par un enfant impubère : il ne se rend pas compte de l'endroit où il marche, il titube, car son âme est humide. » Alors on titube, emmenés par cet enfant impubère, jusqu'à danser près du feu. « Le feu se change en toutes choses et celles-ci en feu, à la façon dont l'or se change en richesses et les richesses en or », ou « Si toutes choses devenaient fumée, c'est avec les narines qu'on les discernerait ». D'un coup, avec l'odeur de notre feu, les crépitements, je pense à Grami et à l'incendie. Mais ça ne dure pas.

— Hé, qui t'a offert ce bouquin ? me fait Adri.

— Deux gosses de trois et cinq ans.

— Putain, ils ont de ces lectures.

— Oh c'est vrai ? relance Natacha. Adorable. Comment ils s'appellent ?

— Harvard, ils s'appellent. Harvard et Stanford ! continue Adri.

— T'es con ! Non, mais c'est chou d'offrir un livre à cinq ans.

— Ouais, je dis, et je m'éloigne.

— Je savais même pas lire, je crois, moi, à cinq ans !

— Hé, je t'ai raconté la fois où j'ai pleuré devant ma pizza ? reprend Adri.

— Non, je crois pas.

Mes acolytes sont comme deux toupies, deux chanteurs d'opéra, deux tempêtes de joie. Leur musique me rend fécond. Et je me sens devenir plus léger quand ils s'adressent à moi : Joyeux Noël César ! Je les écoute. Est-ce possible de mieux écouter ? Viens danser ! Mais je danse déjà, enfin. Vous ne voyez pas que mon corps et mon esprit ne font qu'un, que je danse ? Avec vous je danse, et on rit.

Les rois du monde ! Sur le toit du monde ! Les chevilles dans l'eau, on a le monde à nos pieds. Pourquoi pas ? La lune brille immensément dans le ciel. Une pensée pour tous ces cons à Paris ! Eux ont le soleil d'hiver, blanc et froid, et nous on le récupère au matin, violet sur un miroir turquoise... On les emmerde, ces cons ! Oh oui ! Oh oui ! Et le rhum, encore ! Et Héraclite qui est illisible ! On est défragmentés ! Et la nuit tellement tiède ! Tellement bonne !

Au réveil, je réalise que j'ai vomi sur un crabe et passé la nuit sur la plage. Le palmier est décoré de nos guirlandes de Noël et *Fuck Paris* est creusé dans le sable. Leur bateau a été rebaptisé *L'Imposture* au feutre permanent. Mes souvenirs sont vagues mais je crois que c'est moi qui ai fait ça.

Natacha et Adri sont enlacés dans leur lit comme deux amis, comme deux soldats. Dans le bordel de leur cabane, ils dorment. Les vapeurs d'alcool et de transpiration, les bouteilles vides, tous les débris de leur joie, on dirait un champ de bataille.

Ma tête me fait souffrir mais mes idées sont claires : cette guerre n'est pas pour moi. C'est eux contre les touristes, eux contre la bêtise. Je comprends, bien sûr. Et je ne sais pas à quoi je joue, moi, ce que je cherche exactement, mais ce n'est pas ça. Je les ai aimés hier soir, mais je sais que je risque de finir par les détester comme les autres.

Je descends la plage jusqu'à l'eau pour me rincer la tronche. Sur l'horizon le soleil s'excite déjà et je pressens les Sunset Tours à venir, les mensonges, l'imposture. Je regarde le petit bateau tanguer et suis pris de nausée. La carie peut-elle reprocher à la bouche sa mauvaise haleine ? Peut-on soigner la bêtise par la bêtise ? La misanthropie ? Alors ? J'ai ces questions qui sonnent dans ma gueule de bois, et mon esprit éteint est incapable d'y apporter une réponse satisfaisante.

En fait, quand j'essaie, ça donne plus ou moins ça : dégage, César, dégage. Alors, soit. Moorea est un paradis pris en otage et la rançon est trop importante pour moi. Sa nature est abondante et ses paysages miraculeux, mais ses propriétaires sont avides et ses plages privées. Ainsi soit-il et tant pis, il y a 117 autres îles en Polynésie.

15

Ils veulent écouter une aventure
sans nom ! L'envolée de Mahui
– qui leur a appris le Mot ? – le premier
vivant voleur de la flamme au ciel
Tahiti, d'où il la versa sur les îles,
qui flambèrent de joie… Mais non !
Je ne leur dirai rien.
Hié ! Que deviendraient-elles
mes paroles en traversant leurs oreilles ?
Quoi leur dire, qui ne les fasse pas rire
avec politesse ? Les récits maoris
dans l'oreille du Farani plaisant ?

Victor Segalen, *La Marche du feu*

Les Marquises sont en vue. Notre petit avion se bat contre le vent pour dessiner une trajectoire dans le ciel et viser la courte piste d'atterrissage qui coiffe l'île de Hiva Oa. On descend puis remonte, c'est une négociation difficile avec les éléments. Je ressens tout de suite que les lois du cosmos sont plus puissantes que celles des hommes, ici. Après plusieurs tentatives, on se pose enfin, avec la bénédiction des nuages, du souffle et de cette terre verte et touffue.

J'ai choisi Hiva Oa car il s'agit du lieu qu'ont choisi, au début du siècle dernier, Gauguin et Segalen, respectivement un peintre à la chair triste et un écrivain dépressif et opiomane, pour échapper à une société européenne asphyxiante et la remplacer par une danse jouissive avec la nature. Car c'est sur cette île que ces deux artistes en quête de liberté et d'authenticité ont trouvé un sol fécond pour devenir de nouveaux hommes. Car le néant, ici, est d'un bleu émeraude, et il arrive qu'un volcan en émerge, gorgé de fruits et de musiques. Pour tous ceux qui sont en avance, il y a là un temps nouveau qui ne dépend d'aucune horloge.

Segalen parle d'une philosophie maorie fondée sur la loi naturelle, qu'il oppose à la culture occidentale construite sur la connaissance. C'est peut-être sur Hiva que je peux accéder à une compréhension immanente du monde, recouvrir mes instincts enfouis, remplacer l'artificiel par l'essentiel.

Charles Lane, l'utopiste de Fruitlands, a écrit quelque part que l'homme sauvage devrait être capable, comme le mouton, de choisir infailliblement la nourriture qui lui convient. Que le sauvage est toujours plus riche de connaissances que l'homme civilisé qui étudie dans les livres. Que la loi naturelle est supérieure à la loi des hommes. C'est la loi dont je veux dépendre désormais.

Sur Hiva Oa, trois heures de vol me tiennent à bonne distance de Papeete et des *faranis*. Il y a tout pour bien faire, ici. L'océan est infini, la végétation exubérante, le soleil, roi. Peu de routes, d'hôtels, de voitures, de bateaux à moteur et de béton. Beaucoup de poules, de bois, de fleurs, de kayaks, de chevaux.

Il y a un décalage horaire de trente minutes entre Hiva Oa et Tahiti, cette île ne répond pas aux même contraintes que le reste du monde. Je pense à David. Mon ami, si tu pouvais le voir depuis ici, mon angle mort, tu comprendrais, je crois.

Je pars visiter l'île, faire l'inventaire. Les habitants vaquent à leurs occupations entre les violents parfums de résine et de bois de santal. Je cherche l'endroit qui pourrait m'accueillir et rendre durable mon évasion. Mais je vois peu de plages, peu de cocotiers, peu d'arbres fruitiers.

Dans le village d'Atuona, on trouve les tombes de Brel et de Gauguin ainsi que les musées qui leur sont dédiés. Leurs vraies maisons n'existent plus, les toiles sont des reproductions, le soleil a patiné les panneaux explicatifs, affiches et instructions. Il ne reste rien d'eux ici, et c'est heureux, c'est la vie qu'ils sont venus retrouver sur Hiva Oa et non la mémoire. Je me souhaite le même sort, j'aimerais me bricoler une maison qui disparaisse avec moi.

À la sortie du village, un vieil homme se tient devant son commerce de fruits et d'épices. C'est un Marquisien au visage sculpté par les longues journées égrenées au bout du monde, comme s'il avait reçu chaque jour un rayon de soleil chaud sur la tête et les épaules, ce même soleil qui fait briller sa fantastique récolte de bananes et de mangues. Je m'approche.

— Bonjour.

— Qu'est-ce que tu fais là ? il me lance.

— Euh, je cherche un endroit pour installer ma tente.

— Tu es qui ? il continue, bras croisés.

— Je m'appelle César, je viens de Suisse. Je voudrais m'installer par là.

— Pourquoi ici ?

— Ben la vie me semble pas mal ici, non ?

— Ah ! Ici ! Hiva ! Pôpô ! et il fait éclater un rire bref et puissant.

— Euh oui, ici... le bout du monde, la nature...

— Quel bout du monde ? Je suis au bout de quel monde moi, Iotété ?

— Non non, pour nous je dis, ici, c'est le bout du monde...

— César, César, il s'approche de moi. César, tu as fait quoi ici ?

— Pas grand-chose encore, je viens d'arriver. J'ai vu les tombes de Brel et de Gauguin, traversé le village.

— *Popa'a !* il rit. *Popa'a*, ici tu ne vas pas trouver ce que tu cherches.

— Pourquoi ?

— Regarde ! il tourne sur lui-même, les bras ouverts. Regarde autour de toi ! Tu vois quoi ?

— Euh... L'île, l'eau, la nature, tes fruits...

— Et *Te Jore, Te Po, Rangi, Papa, Tane Mahuta* ?

— De quoi ?

— *Popa'a* tu es comme tous les autres, tu ne connais rien à la culture marquisienne. Vous venez jouir ici, vous appelez ça le paradis, mais vous ne faites que détruire.

— Ben... Je détruis quoi, moi ?

— Tu me parles du chanteur et de l'autre fou, mais tu ne sais même pas qui est *Terehé !* et il rit avec cet air consterné que prennent parfois les gens âgés.

— J'ai envie d'apprendre.

— Trop tard *popa'a* ! C'est fini ! Vous et votre dieu vous avez tué la culture marquisienne, notre mémoire.

— J'suis pas trop d'accord...

— Je me fiche de ton avis *popa'a* !

— Non, mais, je veux dire, certains ont essayé de la préserver, votre culture.

— Qui ça ? Ton peintre fou, là ?

— Non, un médecin qui s'appelait Segalen, par exemple. Dans son livre il...

— Un livre ! Vous, les *faranis*, vous voulez tout mettre dans les livres ! Mais on n'a pas besoin de vos livres, ni de vos musées. Ce qui est dans un livre ou un musée est mort.

— D'accord, je dis, et je vois mal comment lui, sur son île, pourrait avoir tort et moi, avec ma dégaine, mon sac et mes coups de soleil, raison.

— Pour ta tente, descends à l'embouchure de la rivière Faakua, c'est là-bas que sont les Blancs... Et une dernière chose, *popa'a*, tu n'es pas chez toi, ici. Si tu veux changer le monde, fais-le chez toi... Et bienvenue à Hiva ! il conclut en riant, arrangeant ses fruits sur l'étal avec un sourire fracassant.

Après ça, je titube. Comme dans le champ de David, à la poursuite du numéro 8 avec mes bottes trop grandes. Je me sens très loin de chez moi. Ces senteurs, ces falaises de mousse, ces fleurs qui explosent au visage, c'est l'exil.

Plus bas, un panneau indique un lieu dédié au campement près de la plage de Taaoa. C'est un terrain vague écrasé sous d'épaisses falaises de verdure. Quelques Marquisiens jouent à la pétanque, bière à la main. Tu tires ou tu pointes ? Je me tire.

Les Marquisiens sont difficiles à raconter. On trouve dans les livres mille descriptions de leurs visages, des mots et encore des mots pour expliquer leurs traits, restituer leur énigmatique esthétique. Comme s'ils étaient d'un bloc, ces sauvages. Une race singulière qui s'en viendrait accueillir les voyageurs au port, partager ses femmes, ses secrets et ses tikis, un collier de fleurs autour du cou.

Rien de tout ça n'est vrai. J'ose à peine les regarder ; eux me lancent de longs regards éprouvés que je ne parviens pas à soutenir. Ils sont tous bien occupés, se foutent des avions et des bateaux qui viennent les visiter, me remarquent à peine et m'ignorent toujours, dans un soupir las. Comme si ma visite dérangeait le tableau dans lequel ils se fondent chaque jour un peu plus.

J'erre encore un peu, longe le rivage. Un rayon de lumière perce parfois le ciel cendré pour tomber sur un arbuste en fleurs. Deux adolescents avec des maillots de l'équipe de France m'interpellent, clope au bec. Tu veux fumer *popa'a* ? C'est des Marlboro ! qu'ils me font dans un éclat de rire. Les alizés portent jusqu'à moi une odeur de chanvre, mêlée aux bouquets de frangipaniers et d'hibiscus. Allez, viens, *popa'a* ! Franchement, ça craint. Je refuse, inquiet non de leur herbe magique mais de leurs dégaines de clowns tristes.

Je descends sur la plage noire à l'est d'Atuona, près de la rivière Faakua. Iotété a dit vrai, un campement s'étend jusqu'au bord de l'océan. Il doit y avoir une dizaine de tentes. L'atmosphère est presque militaire sous un drapeau qui annonce *Saving Our Planet*.

Je m'approche. Deux types viennent à moi, des Français. Ils m'expliquent qu'ils sont une dizaine à vivre là, dans une ZAD. La zone à défendre est le terrain sur lequel ils sont installés, un hectare destiné à accueillir le premier hôtel de luxe de l'île, le Brel.

Ils semblent sympathiques, m'invitent à les rejoindre pour le repas : quelques poissons pêchés juste là. J'accepte avec un certain soulagement. C'est vrai, ces bouilles sont familières. Et ils ont l'air révolté, un peu comme moi, mais eux semblent connaître très exactement la raison de leur révolte et sa destination. Ils ont édité trois petits manifestes, qu'ils me remettent, pour expliquer leur démarche :

À la une : empêcher la construction du Brel
À la deux : limiter les vols en sabotant l'aéroport
À la trois : rétablir un écosystème naturel en chassant les animaux exogènes des îles désertes ou peu habitées

— Tu comprends ? ils me demandent.
— Ouais, je vois. Et vous en êtes où ?
— On tient le coup. Le chantier de l'hôtel aurait dû commencer, là, on a tout bloqué.

— Et les animaux exogènes, c'est quoi ? je demande.

— Moutons, chats, chiens. Mais surtout les moutons. Ils ont été importés ici, sur les différentes îles, et ils font des dégâts un peu partout.

— Et vous les chassez ?

— Ouais, on les chasse, on les rapatrie. Demain on va en face, sur la petite île déserte, là, Moho Tani. Viens, si tu veux.

Je les rejoins sur le sable noir, autour du feu. Le ciel est comme un champ de coton rouge et je sens fondre en moi une douceur agréable, un apaisement. Les mêmes senteurs de chanvre flottent dans l'air et tous lèvent leur verre pour m'accueillir.

— À la une, à la deux, à la trois, santé ! ils font, tous ensemble.

— Je vous présente César, qui va nous rejoindre, fait Pierre, peut-être l'un des responsables.

— Ouais, enfin, je sais pas trop, hein, je dis.

— Qu'est-ce que tu fais là ? demande un autre.

— Oui, explique-nous ta démarche, demande Pierre.

— Bon, euh, c'est un peu compliqué mais… disons que j'essaie de me reconnecter à l'essentiel, quoi.

— T'as pris ton câble USB pour te reconnecter ? fait une femme tatouée, et tout le monde se marre.

— Essentiel par rapport à quoi ? poursuit Pierre, en arrosant son poisson grillé de citron vert.

— J'sais pas, je trouve que la vie qu'on mène… elle est vide, quoi… souvent artificielle…

— Genre quoi ? relance la même femme, un peu hargneuse.

— Je viens du marketing, tu vois, *online*, et c'est le genre de connerie qui rend fou, qui aliène, quoi… Et je résume ça par faux humain.

— Tu bosses pour qui ? elle continue.

— Philip Morris, mais j'ai quitté.

— La belle blague, putain !

— Et pourquoi t'es venu ici ? reprend Pierre pendant que les autres chuchotent et s'invectivent doucement.

— Bah, le paradis, quoi. Enfin, l'idée qu'on s'en fait. Je pense qu'une autre vie est possible ici, dans la nature, une sorte de retour à l'état sauvage, un truc à la Thoreau.

— Un truc à la quoi ?

— Thoreau, je répète. Et j'essaie de le prononcer à l'américaine mais je postillonne un peu.

— Ah, Thoreau, j'ai compris Zorro.

— Bref, t'as eu ton petit burn out et tu viens faire du tourisme bien-pensant, quoi ! me fait la tatouée.

— Ah non, j'crois pas… J'ai laissé pas mal de choses derrière moi, c'est pas du tourisme…

— Un peu, non ? elle appuie.

— Non… sérieux… non…

— Réfléchis bien, elle persévère. Et élabore un peu ta pensée, ça me semble bien bancal, ton truc.

— Arrête de l'embêter, moi j'trouve ça cool, les faux humains, tout ça, intervient l'une des filles, une brune. Je veux en savoir plus.

— C'est peut-être cool, comme tu dis, mais c'est un délire égoïste, c'est tout ce que je dis… et j'suis pas venue là pour baby-sitter un salarié de multinationale ! elle conclut.

— J'trouve pas, je reprends. À la base, c'est plutôt pour être plus attentif aux autres que j'ai commencé ça et que j'ai quitté mon taf…

J'explique l'incendie, Grami, la détox, les vaches, tout. Ils font tourner leur spliff, me laissent parler et je débite d'une seule traite. La tatouée m'emmerde un peu sur des détails, mais ça va. Le vent fait crépiter le feu, les flammes dansent entre les alizés et j'ai quelques frissons : c'est la première fois que j'explique ma démarche à quelqu'un.

— En fait, t'as raison, s'exclame la brune… Le seul problème c'est qu'il n'existe plus, ton paradis. Je comprends, le retour à la nature, le nouveau monde, tout ça… mais t'as pas remarqué que la planète est en train de mourir ?

— Je sais, le changement climatique et tout… mais non, ici la nature me semble assez généreuse et, ouais… quand même… paradisiaque.

Retour de flamme : ils me dressent un inventaire de l'état de la planète, de la Polynésie, en particulier. Coraux malades, érosion de la biodiversité, espèces en voie d'extinction, réchauffement de l'océan, pêche abusive, braconnage, radioactivité, tsunamis, marées, pollution, épuisement des ressources, et ainsi de suite. Je ne sais pas si c'est le joint qui les inspire ou ma question, mais ça va chercher loin. Ils me tournent autour comme dans un ballet de danse contemporaine, en levant les bras. Et avec les odeurs de chanvre, c'est sublime.

— Ton paradis, là, c'est juste une terre radioactive, un volcan en sursis.

— On a détruit la planète. On voit ça tous les jours. Et nous, on fait ce qu'on peut pour la sauver.

— Pendant que toi tu fais ton développement personnel ! remet celle qui m'en veut, encore.

— On va crever de faim, notre génération ! ajoute un type bien triste avec une mèche blanche dans les cheveux.

Ils ont bossé le sujet, recueilli des données, écrit des articles, tourné des vidéos. Ils connaissent tous les détails du *Rainbow Warrior*, des essais nucléaires, des affaires Flosse. Leur livre de chevet est *La Société industrielle et son avenir*, le manifeste d'Unabomber, ce terroriste américain qui, dans les années 1980, a envoyé des colis piégés et tué des gens pour dénoncer la technologie et nous rendre attentifs à nos aliénations.

On débat sur la légitimité de la violence. La mort de Grami a été nécessaire pour me réveiller, c'est vrai. Mais est-ce impératif ? Faut-il des morts ? Eux pensent que oui. Que la planète doit être sauvée à tout prix, qu'elle est notre priorité absolue. C'est pas un peu une idée fixe ? je demande. Oui, et heureusement, ils disent, on veut qu'elle soit fixe et bien ancrée, dans toutes les têtes !

Leurs arguments sont souvent convaincants. Je me dis qu'ils ont peut-être raison, que ma quête est un peu approximative, mes idées pas suffisamment claires. Mais, à l'instant où je me fais cette réflexion, la lune est énorme et l'air doucement sucré. Le chanvre chasse les moustiques et je me sens vraiment très bien. Je n'ai plus trop envie de penser ni de discuter, je voudrais juste rester là avec eux et regarder le ciel.

Un café et on se met à chanter tous ensemble. C'est leur hymne, qu'ils disent. *Mère*. Un type prend la guitare et ça fait comme ça :

Mère nous dit qu'il est bientôt trop tard
Qu'elle arrêtera de nous accueillir
Elle nous dit que tout se finira un soir
De toujours vouloir la faire vieillir
À brûler les ailes de tous ses beaux oiseaux
Elle s'endort avec le cœur blessé [...]

Mère pardonne-nous
Oh mère toujours aime-nous
Oh mère qui nous a mis au monde
Oui mère que ferais-tu sans nous

Elle ne veut plus qu'on lui boive toute son eau
Pour toujours et plus lui sécher la peau
Elle ne veut plus qu'on lui coupe ses arbres
Là dans son verger à grands coups de sabre

Et de sa plus grande expiration
Sur nous elle va crier.*

J'essaie de savoir qui ils sont mais personne ne veut me le dire. Si tu cherches des réponses, fume ça ! me fait la fille brune. Non, mais quand même, vous avez des parcours, des expériences, non ? Qu'est-ce qui mène au militantisme, comme ça ? Vous êtes des témoins de Jéhovah ? j'essaie. On est pas des baltringues, c'est tout ce que tu dois savoir, me dit le type

* Véritables paroles de la chanson « Mère » de Lilian Renaud.

avec la mèche blanche dans les cheveux, Guillaume. Moi je suis un scientifique, je sais lire les rapports environnementaux, c'est pour ça que je peux te garantir que tu vas pas crever tranquille dans ton lit mais plutôt en te battant pour un bout de pain. Et Olga de conclure : En tout cas j'peux te dire qu'aucun de nous n'a bossé pour les mêmes criminels que toi ! Alors je me tais. Et peu à peu chacun se fait silencieux pour écouter les vagues et regarder les étoiles. Je crois que je plane, aussi, sans assistance.

Finalement je les salue, dresse ma tente près des leurs et cherche le sommeil en lisant Segalen. Dans *Les Immémoriaux*, l'écrivain *farani* raconte la façon dont les Marquisiens accueillaient les étrangers au début du XXe siècle : des femmes maories leur étaient offertes. Bougainville aussi l'écrit : « Les pirogues étaient remplies de femmes qui ne le cèdent pas pour l'agrément de la figure au plus grand nombre des Européennes, et qui, pour la beauté du corps, pourraient le disputer à toutes avec avantage. […] Les hommes nous pressaient de choisir une femme, de la suivre à terre, et leurs gestes non équivoques démontraient la manière dont il fallait faire connaissance avec elle. » Alors, oui, Iotété, tu as raison, cela a bien changé. Les Européens ont détruit vos traditions car de toi et de tes semblables je n'ai reçu que réprimandes et regards hostiles. Thoreau m'avait prévenu : « Comparez les conditions de vie des habitants des îles polynésiennes actuelles à celles d'avant qu'elles ne soient dégradées par contact avec l'homme civilisé. »

Au matin, on part en expédition pour chasser les moutons avec la fille brune qui se fait appeler Planète, Pierre et Olga, la tatouée qui a une dent contre moi. On va sur Moho Tani, l'île déserte en face de Hiva Oa. Planète conduit le Zodiac, on ricoche sur des vagues moulues dans une glaise émeraude. Le moteur étouffe sa grogne métallique dans l'eau, on laisse une traînée blanche derrière nous. La silhouette de Moho Tani ressemble à une baleine qui vient respirer à la surface, un fossile géant. C'est beau.

Olga m'explique que, depuis qu'ils ont été introduits il y a plus d'un siècle, les moutons détériorent la flore en broutant toute la verdure, l'écorce, les racines. L'érosion du sol est telle que la biodiversité est en chute libre, les espèces indigènes manquent de nourriture, de logis, bref, l'équilibre est rompu. C'est leur deuxième expédition, ils ont déjà rapatrié deux moutons sur Hiva Oa. Mais ils pensent qu'il en reste d'autres, qu'il faut patrouiller encore.

J'ai de la peine à comprendre. Alors je pose plein de questions. L'humain dérègle les écosystèmes, les moutons n'ont rien à faire sur cette île ! répond Olga. Sans nous la nature fait bien les choses, elle s'autorégule !

Je demande si l'humain fait partie de la nature, si notre tendance à la dérégulation est naturelle. Elle ne répond pas. Alors pendant qu'on débarque sur l'île, je lui raconte Pré-Magnin, la neige, mon rêve chez David : cette nature violente et assassine, les arbres qui se font la guerre sous terre.

— Renseigne-toi un peu, les arbres communiquent et s'entraident, la guerre est une invention humaine, elle n'existe pas dans la nature ! Eh non, notre tendance à la dérégulation n'est pas naturelle. Elle est artificielle. L'humain est un être d'artifices, et c'est sa tragédie.

— Soigner les maladies, prendre soin des handicapés et des vieux, ça aussi c'est artificiel, non ? je dis.

— Oui.

— Donc on ne s'acharne plus à sauver les faibles et on laisse faire la nature ?

— Cherche le mouton, putain, et renseigne-toi.

Je la laisse un peu tranquille et vais me promener plus loin. Je ne sais même pas à quoi ressemble un mouton, ici. Blanc, comme partout ! me dit Planète en pouffant de rire. T'es con, toi, ou bien ? elle continue, en me donnant un coup d'épaule assez adorable. J'en sais rien, moi, je dis. Et je prends une minute pour halluciner, le regard sur l'horizon, et me demander ce que je fous là.

On tourne en rond pendant deux heures. Au fur et à mesure qu'on monte en altitude, la végétation est plus haute, plus fournie et plus festive. Mais, de façon générale, les buissons et les arbustes sont rabougris par le vent qui prend son élan sur des milliers de kilomètres pour venir gifler l'île d'un grand frisson salé. Faut qu'on chasse le vent, aussi ? Comment sauver tous ces arbres ? Et les lianes géantes qui pendouillent ? Et les manguiers, les barbadines, les kapokiers, qui décide s'ils sont à leur place, ici ? Et ce sol rougeâtre, cette terre battue, c'est normal ? Qui est en charge de tout ça ? Où est la source d'eau potable ? À quelle heure rentre-t-on au campement ? Est-ce qu'on pourrait laisser les moutons tranquilles ?

On rentre bredouilles. Olga et Pierre ont trouvé des excréments, ou quelque chose comme ça, et disent qu'il faudra y retourner. Pendant ce temps, sur Hiva, les autres ont réussi à chasser deux touristes qui venaient mouiller leurs monstres de fibres et de plastique, répandre leur huile solaire au monoï dans l'eau, fragiliser les coraux et pêcher illégalement. Ça les réjouit beaucoup, et moi aussi. Quelque chose ici me met en joie.

Je vais chercher du bois pour le feu avec Planète, ensuite. On s'aime bien, ça se voit. Je lui raconte Pré-Magnin, les branches mouillées, l'humidité, mon intoxication. Si les hivers sont si terribles, c'est à cause du réchauffement climatique, elle m'explique. Tout devient plus extrême, plus intense, comme si on vivait dans les tableaux des romantiques du XIXe siècle, tu vois ?

J'essaie de lui parler d'une toile de Koekkoek qui m'avait impressionné dans un musée d'Amsterdam. Mais j'arrive pas à prononcer Koekkoek correctement, et sans mon portable, impossible de la lui montrer, du coup je bafouille.

T'as un air vraiment triste ! elle dit soudain, en me regardant avec une intensité un peu gênante. Il te faut un projet, quelque chose pour combattre le vide ! Et elle me raconte son amie qui s'est flinguée alors qu'elle travaillait comme modératrice de contenu chez Facebook, ou quelque chose comme ça. Ouah les histoires qu'elle a, franchement.

— Ce monde est laid. Il faut en créer un autre. Commencer par une idée. Une idée plus grande que soi. Tu vois ?

— Ben non.

— Il te faut une cause ! Les idées, c'est comme des étoiles dans le ciel. Une fois que t'en attrapes une qui te plaît bien, tu t'accroches et ça te tient debout.

— Quel genre ?

— Regarde Guillaume, il était dépressif et il va mieux depuis qu'on a ce projet ici.

— Ah il est plus dépressif, là ?

— Il va mieux, je te dis.

— Ça devait être quelque chose, alors.

— On est tous un peu solastalgiques, de toute façon.

— De quoi ?

— T'es au courant de rien, toi, c'est fou. Tu lis un peu ?

— Ouais, quand-même.

— La solastalgie, c'est l'éco-anxiété.

— OK ouais, je vois. Chaud.

— C'est surmontable, t'inquiète. Moi, regarde, j'ai pas l'air heureuse ?

— Si.

— Eh ben c'est grâce à ça, à notre combat, à ces idées qu'on suit.

— C'est pour ça que t'as choisi ce prénom ?

— Oui. En vrai je m'appelle Théia mais je préfère Planète. C'est un geste symbolique, tu vois... Pour représenter la nécessité de faire passer la planète avant soi... ça fait réfléchir, non ?

— J'sais pas.

— Et ça veut aussi dire que tu dois prendre soin de moi… Allez, viens, on va nager !

— Je crois que, en grec, Planète ça veut dire errance ou quelque chose comme ça…

— Allez, viens !

On flotte dans l'eau chaude et on rit. Je n'aime pas ce prénom qu'elle a choisi et je ne sais pas quoi penser de toutes ses histoires, mais je ne dis rien car j'adore cette façon qu'elle a de me sourire. La lumière de la fin d'après-midi fait briller ses yeux, et l'océan céruléen y jette ses reflets. Elle doit avoir vingt-cinq ans. On s'éclabousse comme des enfants, elle me lance des algues et me plonge la tête sous l'eau. Attention, tu dois respecter ta petite Planète ! elle me dit, avec une voix pleine de convoitise, quand je veux la chahuter à mon tour.

Elle se mordille la lèvre en me regardant, et maintenant ses yeux flambent. Sous les écailles violacées de l'eau qui ondule au soleil, nos corps se touchent. Elle ne cesse de rire, ses lèvres remontent sur ses canines qu'on croirait sur le point de me dévorer. Choisis un surnom, aussi ! elle me dit. Héraclite ! je réponds, sans trop de raison, et ça la fait rire. Héraclite ! Viens par là, Héraclite ! Et elle rit encore en s'approchant de moi.

Elle m'embrasse, je fonds dans sa bouche salée et l'enlace tendrement. Oh, magique. Je suis tout près de son rire, maintenant, l'entends pétiller discrètement sous sa langue. Sa poitrine se soulève par minuscules bondissements, dans sa nuque je vois les muscles tressaillir, est-ce qu'elle va bien ? Est-ce qu'elle a froid ? Est-ce qu'il faut que je dise quelque chose ?

On se laisse emporter par le courant, emballés dans une vaguelette toute chaude, et elle explose de joie. Tout m'échappe, je flotte dans ses bras, ceinturé par son rire. Ma tête bascule en arrière, le ciel est comme une crème fouettée. Je redécouvre l'euphorie qui fend le corps humain lorsqu'il se tient tout près d'un autre corps, le touche et est touché par lui.

Le soir, on prend le repas en commun. Eux parlent des théories de l'effondrement, de *collapsologie*, des incendies en Australie. Ils imaginent une solution miracle qui consisterait à diffuser un virus qui fasse le tour du monde pour forcer les gens à rester chez eux et ralentir la consommation, euh, non, pour mettre l'économie au tapis, non, pour tuer les gens, carrément, mais seulement les plus faibles, enfin, non, tous, ouais, tuer tous les gens sur terre. Ça débat sec, encore. Guillaume défend même l'idée de polluer un maximum et le plus rapidement possible pour venir à bout de l'humanité avant qu'elle ne trouve des solutions pour prolonger son existence. L'humain doit disparaître de cette terre, et vite, il explique. Finalement, le réchauffement climatique est peut-être la meilleure solution, mais il ne faut pas traîner, pas nous laisser le temps d'innover.

Moi je regarde Planète. Ses cheveux encore humides s'enroulent autour de son visage comme de petits nids d'oiseaux. Ses expressions sont lumineuses, éclatantes, c'est fou comme elle est belle. Et la lueur des flammes dorées fait luire mille lucioles sur sa peau.

Putain, je divague, mais elle est extra, cette femme. Je ressens ça dans mon ventre, profondément, ça fait comme un poids très agréable, une conviction. Elle plante ses dents dans une mangue, me lance un regard bestial et fait semblant de secouer la tête comme un animal sauvage affamé qui voudrait arracher la chair de sa proie. Ses yeux se plissent, elle retient son rire, son buste tremble, puis elle pouffe de rire, la mangue jaillit et dégouline, et sa tête part en arrière dans un éclat de joie fulgurant. Son euphorie rappelle les yeux de Florent et l'exaltation des petits veaux au printemps. J'ai le sentiment de m'approcher toujours plus près de la vie, de sa volonté, sa puissance. Non, rien, excuse ! elle répond aux autres qui s'agacent de sa légèreté. Et ce regard pour moi, toujours, comme un rayon gonflé de feu.

Avant d'aller nous coucher, il faut prendre une décision importante. Organise-t-on une nouvelle expédition sur Moho Tani pour chasser le mouton ? On vote. Je m'abstiens. La majorité souhaite que cette mission soit menée à terme et qu'elle dure plusieurs jours, cette fois-ci. Quelqu'un ira sur l'île déserte, seul, pour dix jours, avec des vivres et pour seul objectif la chasse des derniers moutons.

On tire au sort celui qui devra s'y coller. J'aimerais m'abstenir, là aussi… César ! Ça tombe sur moi. C'est l'occasion de faire tes preuves ! me fait Olga. Et moi je me dis que, en fait, ce sera parfait pour poursuivre ma transition vers l'authenticité.

16

Où chasserait-il les moutons ?
Féroce chasseur que voilà !
La belle vallée verdoyante
S'il veut s'y montrer, en cinq mois,
Un désert elle deviendra.

William Wordsworth, *The Idiot Boy*

Avant de me rendre sur mon île déserte, j'essaie de me renseigner un peu. Les autres disent que l'île fait environ 15 kilomètres carrés et que dix jours devraient suffire pour tout visiter. Et quand je leur demande si les moutons que je suis supposé y trouver sont dangereux, ils me répondent que non, bien sûr que non, ces animaux-là n'ont pas de prédateur, alors tu peux les caresser tranquille, c'est évident, enfin.

Je dors très mal la veille, et au matin Planète m'aide à charger les vivres, mon sac et quelques bouquins sur le bateau. Puis elle me dépose sur Moho Tani en milieu de journée.

— En fait, pourquoi elle est comme ça, Olga ? je lui demande.

— Comment ?

— J'sais pas, méchante, un peu.

— Elle est pas méchante, elle est franche. Et elle ose regarder la réalité en face.

— Elle agresse tout le monde.

— Elle a ses raisons.

— Lesquelles ?

— C'est pas important.

— Allez, dis.

— Elle est parange.

— De quoi ?

— Elle a perdu un enfant.

— Comment tu dis ça ?

— Si tu perds un parent, tu es orphelin, si tu perds une femme, tu es veuf, mais si tu perds un enfant, y a pas de mot. Tu trouves pas ça dingue ?

— Je sais pas.

— Du coup, parange. C'est ça, le mot. Parange.

— Je savais pas.

— C'est la pire des épreuves. C'est tellement injuste. Perdre son père ou sa mère, c'est dans l'ordre des choses. Mais perdre un enfant, imagine.

— OK, donc Olga, elle est un peu triste à cause du parange, c'est ça ?

— Ouais, je t'ai dit, elle a ses raisons.

Je lui fais promettre de ne pas m'oublier et de revenir dans dix jours, sans faute. On décharge les sacs de fruits, les conserves, les litres d'eau, et elle m'embrasse.

J'te ferai l'amour si tu trouves ce mouton ! elle me crie depuis le Zodiac qui s'éloigne doucement du rivage.

Et réfléchis à ce que je t'ai dit : trouve-toi une grande idée ! Cherche la lumière ! Puis le moteur démarre, elle m'envoie un dernier baiser qu'un souffle alizé emporte, et me voilà seul.

Rebelote. Conserves, bouteilles d'eau, solitude et Planète qui s'en va comme David à Pré-Magnin, et me laisse là.

C'est l'utopie ! La véritable utopie ! j'me dis, comme un encouragement. « Pendant deux ans en Polynésie j'ai mal dormi de joie. J'ai eu des réveils à pleurer d'ivresse du jour qui montait », écrit Segalen. J'y suis. À moi d'être heureux.

Je ne sais pas encore ce que je fais là ni ce que je cherche, à part les moutons, bien sûr. Je plante ma tente. Il y a deux cocotiers, un peu de sable et, tout autour, des murs de terre rouge, des lianes, des touffes d'herbes étranges et le ciel comme couvercle, bleu azur. Mon campement vaguement installé, j'escalade les falaises taillées en escalier dans le corps de la terre.

Habituellement, les moutons se trouvent là, à l'ouest, dans la partie la plus verte de l'île. Enfin, il paraît. Je suis armé d'une simple corde à passer autour du cou de ma proie ; ils ne sont pas farouches, n'ont aucun prédateur. Je suis à la poursuite du mouton le plus heureux de la terre, du capitaine de ce navire endormi, bestiole sans ennemi qui a toute la vie pour contempler l'horizon infini. C'est un mouton philosophe que je cherche.

Je pars en quête, direct. Pour ne pas dépenser de forces inutiles, je procède avec une certaine logique : je longe la côte sur quelques centaines de mètres puis reviens en arrière sur un chemin parallèle au premier.

Les palmiers sont fiers, leurs feuilles sont des pétales de fleurs dans le ciel immaculé. Les autres arbres sont déchaussés, étirés sur la pointe de leurs racines comme des danseuses étoiles. Et, dans l'air, les oiseaux patrouillent par poignées silencieuses.

Entre deux alizés, je pense à Planète. Ou Théia, je préfère. Il faut que je trouve ce mouton pour elle. Vivement cette tache blanche sur la toile verte et bleue de Moho Tani.

Rien pour aujourd'hui, j'ai besoin de plus de temps pour faire le tour de l'île. Je dîne face à l'horizon. Demain est un autre jour, qui me rapprochera du mouton et de Théia. Je m'endors sur la plage, à ciel ouvert. De quoi voudrais-je me protéger avec ma tente ? Charles Lane le dit, la maison protège non pas de la nature mais des autres humains. Ce soir, ma maison est immense, les chambres à coucher innombrables, les murs en falaises et la vue sur l'océan époustouflante. Bonne nuit.

Je vis nu. Qui m'en empêche ? Je mange des fruits, cuis des pâtes. C'est Pré-Magnin avec du soleil. Mais sans David. Ses visites me manquent. Son pick-up devrait pouvoir se frayer un chemin jusqu'à moi. Il n'aurait même pas besoin de parler, je sais qu'il n'aime pas ça, mais il serait juste là, et ce serait bien.

Tiens, un bout de ciel avec un nuage dedans. Des détails m'étonnent. Par exemple : pourquoi les petits cailloux sont-ils tous rangés au même endroit sur la plage, derrière les plus gros ? Je fais des théories, essaie de me convaincre… Ah vous dites que l'océan les a portés là ? Mais les gros alors, qui les a portés ici ? Et d'où viennent-ils ? De Moho Tani directement ou d'une autre terre ? Et Moho Tani elle-même, vient-elle de Hiva Oa ? Ou est-ce l'inverse ? Depuis combien de temps les a-t-on séparées, ces deux-là ? Et qui en a décidé ainsi ? Pour quelle raison ? Ah vous pensez qu'elles étaient en conflit ? Passionnant, cher collègue… Et pour quelle raison, donc ? Nous en reparlerons demain… Je fais l'idiot, j'aime bien ça.

Je marche de longues heures en quête du mouton, fouille, soulève les branches et les arbustes, cherche des traces de vie. Je prends mes escaliers, revois les mêmes herbes, les mêmes falaises, et l'eau grise tout autour. Et Théia. Elle est partout. Les alizés portent son odeur jusqu'à moi. N'est-ce pas un délicat parfum ? Oui-da cher collègue ! Mais ne devriez-vous pas libérer vos narines pour humer les senteurs de ce cher mouton ? Oh, nous avons suffisamment de temps pour mener à bien ces deux projets, mon ami… Vraiment ? Le croyez-vous ? Oui-da !

Encore rien, toujours rien. Enfin si, ce sol argileux, ces arbres toujours plus verts, ce ciel indifférent et bleu, la nuit plus fraîche, mon café du matin. Mais rien de vivant, rien sur de vraies pattes, avec un vrai corps. Que des insectes, des oiseaux, des lézards, des fleurs. Rien ne bouge sur cette île, tout est figé, plâtré, et le vent plaque chaque touffe et chaque motte sur le sol inerte. J'erre sur une baleine morte, un vieux fossile sec. Et les vagues, les vagues, les vagues ! Toujours ! Qui remuent, remuent, remuent ! Et s'écrasent, s'écrasent, s'écrasent !

Aujourd'hui l'idée idiote de choisir un palmier pour en faire un sapin de Noël m'a effleuré l'esprit.

Pas de mouton ! Rien à mon échelle, rien qui n'ait le sang chaud, rien qui ne pense ou qui n'aime. Que de la nature froide, calculée, immuable, théorique. C'est dramatique, mon cher collègue ! Oh oui, mon cher… cher collègue… tout ça… pfff… collègue, pas collègue… à quoi bon… mouais… j'sais pas… c'est comme tu veux… bon… enfin c'est pas si important… Ouais… Vas-y, je remplis le vide avec rien du tout. Du vide dans du vide, ça reste assez vide.

Parfois, le silence est accablant, mais à d'autres moments il est comme une agréable évidence.

Conviction du matin : je ne suis pas chez moi. Iotété, vieux brigand ! Tu te plains de ma visite et tu as sûrement raison. Je ne comprends rien à ta terre et tes moutons sont invisibles. Tu n'aimes pas les livres, tu les trouves morts, tu dis qu'ils sont l'œuvre d'étrangers : tu as raison. En lisant *Le Trésor des îles Marquises* de Tutuuehitu, je comprends que son auteur n'est pas marquisien mais ardéchois et qu'il a échangé son vrai nom Jean Royol avec celui d'un chef maori : Tutuuehitu. Ce mec ! Ce clown ! Jean la baltringue.

Jean Royol : faux Marquisien. Et les autres, alors, Bougainville, Commerson, Segalen : utopistes et doux rêveurs.

Et moi : Héraclite ! Chasseur de moutons. Bon, je poursuis la lecture des *Fragments.* C'est mon cadeau de Noël, quand même. Je n'y comprends pas grand-chose. Il y a une phrase que j'aime bien, cela dit : « Le chemin vers le haut et celui vers le bas sont le même chemin. » Pas faux. Surtout sur Moho Tani. Héraclite est d'accord avec Héraclite !

Je traîne sur mon île comme on traîne dans le quartier d'une ville. J'ai enfilé un pantalon pour pouvoir mettre mes mains dans mes poches. Je prends des airs, m'appuie contre un arbre, défie les oiseaux du regard, apostrophe un lézard. Vas-y, tu me cherches ? Tu m'vener ! Oh, j'te parle. Où tu vas ? Vas-y tu soûles de ouf ! T'es un malade !

Ouah je sature, là. Alleeeeez, le mouton.

La beauté cst tellement sérieuse. C'est trop. Qu'on m'apporte quelque chose de laid et de stupide, que je me marre un peu. Je ne veux plus rien voir de long, de large, de grand, de petit, de haut, de bas, de vert ou de bleu, tout ça se mélange trop bien et devient beau… Ah qu'est-ce que c'est beau, cher Jean ! N'est-ce pas sublime ? Ce grand pic ? Et cette longue et large plage de sable noir ? Et ces oiseaux qui volent si bas ? C'est enthousiasmant de beauté ! Ah mais tout à fait… Non ! Je veux du laid ! Du moche, du blême, du tordu !

Je veux rire ! Me moquer ! Vous comprenez ? Est-ce qu'un oiseau pourrait se prendre les pattes dans un nuage, ou juste chanter faux, ou me faire une grimace ? Est-ce que quelqu'un me comprend ? Ce n'est pas idiot ce que je dis, non ?

Je réfléchis souvent à ce que Théia m'a dit : avoir de grandes idées. Enfin, en avoir déjà une, une idée, une belle, bien solide, qui me tienne debout. Ça me semble pertinent, en fait. Tous les auteurs que je lis en avaient, des grandes idées. Ils se battaient pour quelque chose, chérissaient une cause. Il m'en faudrait une.

Le parfumeur avait raison. À Lausanne, ce printemps, je suis allé voir un parfumeur. Il m'a demandé quelles étaient mes odeurs, ce qui me convenait. J'ai dit cèdre, bois de santal, sous-bois, écorce, poivre. Il a ri. Il m'a tourné autour, pulvérisé quelques extraits de parfums sur les avant-bras et a diagnostiqué : yuzu, vétiver, agrumes, frangipanier, ambre gris. Sans rire. Vous vous croyez dans le sol, bois mûr, humus, mais vous êtes un rayon de soleil, un fruit jaune acide, une branche encore verte ! il m'a dit. Je n'ai pas compris et suis reparti avec un parfum citronné que je n'ai jamais porté. Je ne me connais pas. Enfin, je me connaissais mal. C'est tout ce que je veux dire.

J'ai peur de manquer d'eau. Ah non, ça va.

Qu'est-ce qu'elle pensait de moi, Grami ? En me voyant, comme ça, voisin, vivre ma vie, regarder mes séries, boire mes bières, arroser mon petit citronnier qui n'a jamais rien donné. Est-ce qu'elle me voyait courir, le dimanche ? Elle m'entendait faire l'amour, aussi ? Et comment c'est, maintenant, l'immeuble ? Nettoyé, reloué ? Est-ce qu'il y a un mec qui vit là où elle est morte ? Est-ce qu'il le sait ? Et mon appartement, ils en ont fait quoi ? Ça me semble loin, tout ça, d'un coup. Pourtant, ça ne fait que quatre mois.

On est le 31 décembre et ce soir on change d'année. À minuit ils rajouteront une seconde intercalaire pour adapter notre temps universel à celui de la Terre. Une minuscule seconde offerte à huit milliards d'individus. Oh, vous n'en ferez rien, n'est-ce pas ? Héraclite, si ! J'irai me glisser dans cette seconde invisible, serai riche de ces deux cent cinquante-trois années qui sont offertes à l'humanité dans le désintérêt général. Ouais, et j'y passerai une vie longue et belle à manger tous les fruits de cette terre nourricière et à jouir de mon jardin d'Éden. Et je trouverai quelqu'un pour jouir avec moi, un mouton ou une femme, et lui offrirai la moitié de ce temps subtilisé aux faux humains qui perdent leur vie à vouloir la gagner. Et alors on vivra suffisamment pour voir ce qu'il adviendra de l'homme.

Jour six. Jour miraculeux. Je marche en direction du sud de l'île, sans plus ni moins de conviction que les jours derniers, et soudain, mon regard s'arrête sur un truc blanc. Je m'approche. Un mouton ! Oh ! À peine debout, un peu mal fichu. Et tout petit. Je lui passe la corde au cou, tire dessus et le ramène en terre conquise. Il titube comme un maladroit, on se ressemble. Alors, c'est joué : mon expédition est un succès. Sur le plan du mouton, en tout cas, c'est un succès. Mon vœu est exaucé : normal, pour un 1er janvier.

Qu'on nomme le mouton ! Bah tiens ! Oui, nommons-le ! Il a droit à un nom comme tout le monde ! Qu'on lui donne le nom de Grami ! C'est bien, ça ! Pour honorer les morts ! Et nous féliciter de l'avoir découvert !

Un monarque nous survole. Nous sommes quatre sur le navire endormi de Moho Tani : le capitaine Héraclite (j'assume ce rôle car mon mouton est trop faible pour l'instant), la tour de contrôle (le monarque), l'équipage en quarantaine (Grami) et un prisonnier (Jean la grosse baltringue).

Grami n'a pas l'air en forme. Monarque, par contre, si. Mais il est rarement avec nous, il patrouille. C'est important car les eaux sont infestées de pirates, de sales types comme ce Jean. Et comme on n'est pas très nombreux pour se défendre en cas d'attaque, on évite les conflits, vire de bord.

Grami dort beaucoup, elle n'aime pas l'eau que je lui donne, ni les biscuits. Elle entonne quelquefois un chant étrange, comme un râle. Tiens bon ! Tu n'as pas de raison d'être si triste, enfin ! Et tu verras, Hiva Oa n'est pas mal non plus… Tu connais Jacques Brel ? C'est vraiment bien… tu savais qu'il ne faisait jamais d'entracte ? Il vivait sur Hiva Oa, il y a sa tombe là-bas… tu aimes la musique ? Moi oui. J'aime surtout les concerts, les festivals… on a beaucoup de festivals en Suisse…

La voilà peut-être, ma grande idée : ramener Grami en Suisse. Sauver ce mouton, lui offrir une autre vie, m'en occuper comme David de ses vaches. En même temps, ça me paraît futile, complètement nul.

J'ai conscience de fonctionner un peu en roue libre. Mais qui peut me freiner ? Et la nudité ne libère pas que le corps. Ah non, la tête aussi. La tête ! La tête qu'ils feront en me voyant avec toi, Grami, oui ! Et la belle Théia… mon petit soleil… c'est toi mon paradis ! Tu tiendras ta promesse, hein ?

Grami, écoute-moi : je te montrerai Théia. Elle me manque. Tu pourras rencontrer David, aussi. On te mettra dans un avion. T'aimerais voir autre chose que le soleil ? La neige ? Oh oui tu serais belle dans la neige ! Ne te couche pas comme ça, tes pattes sont toutes repliées, tu n'as pas mal ? Pense à la neige. Imagine.

On va faire plein de choses, Grami. On sera busy. Voilà ce pour quoi on est fait, nous, les humains. Pour être busy ! Occupés ! Tous ! On fait du business, c'est l'horizon éthéré. Je vais t'apprendre à faire du business, Grami. Comme ça tu pourras suivre tous ces autres moutons. Tu verras ! Une famille t'attend.

Parfois, je me demande si les avions qui nous survolent me voient. Et s'ils sont inquiets pour moi. Ou s'ils sont rassurés de voir que je suis accompagné, maintenant. S'ils se disent que l'homme nu sur son île a été rejoint par un camarade et que tout ira bien pour lui.

Et j'aimerais pouvoir être certain que Théia va revenir, qu'elle ne m'oubliera pas. Qu'on tombera amoureux pour de vrai, qu'on s'aimera et que le paradis sera ses bras. Qu'elle sera mon alpage, mon île déserte. Qu'elle m'emmènera loin. Qu'elle pourra redémarrer son bateau, qu'il reste encore assez de pétrole, que la terre ne s'est pas effondrée en mon absence. Que les autres n'ont pas libéré leur virus au fin fond de la Chine et exterminé l'humanité. Comment serais-je mis au courant ? Qui viendrait jusqu'à moi pour me l'annoncer ?

Je fais des estimations. Si je devais rentrer à la nage jusqu'à Hiva Oa, quelles seraient mes chances de survie ? 6 chances sur 19, je pense. Grami dit 17 sur 121. Et Monarque 5 sur 410. Et Jean Royol n'a pas le droit de jouer, il est toujours puni. Couché, Jean !

Je lis les *Fragments* à Grami. Il y a une idée que j'aime bien : « Il y a toujours un moment où toutes choses deviennent feu. » Dans les braises qui nous réchauffent, sur la plage, j'ai le sentiment de voir Grami, l'autre. C'est par les flammes que tout se termine et que tout recommence, c'est vrai. Voilà peut-être un début d'idée : le feu.

Sauver la planète ! Sauver cet îlot sur lequel je suis ! Pourquoi ? Qui pourrait vivre ici ? Encore deux jours… On est seuls… On a la tête en bas, sinon l'Europe a la tête en bas. Un bateau, deux bateaux, trois bateaux… Qui perd sa place tombe à l'eau… Enfin… Ça va, Grami ? T'as pas l'air bien… Pourquoi tu râles ?

On a assez de fruits et d'eau pour deux jours, tu sais… Sers-toi, fais comme chez toi. On est chez toi.

Couché, Jean !

Jour neuf. Grami ne râle plus. Elle est raide et sèche comme la baleine. Ouah. Elle a dû me quitter pendant la nuit, j'ai rien entendu. Sa tête repose sur un caillou poli par les vents. Que lui dire ? Son âme n'est sûrement plus là, éclipsée avec les étoiles, envolée loin de Moho Tani. L'âme évadée, le corps reste comme une boule de coton portée par les vents.

Ça m'affecte quand même beaucoup. Le fait que Grami soit le dernier mouton de l'île, qu'un bout d'histoire se soit achevé cette nuit, je trouve ça triste. Je voudrais pleurer mais ne sais pas trop comment faire. On m'a appris la turbo sieste et la pleine conscience, mais pas les pleurs.

Je me dis qu'il lui faut une sépulture digne de celle que l'on dresserait au dernier homme. D'ailleurs, qui enterrera le dernier homme si personne n'est plus là pour le faire ? Pourra-t-il s'enterrer tout seul ? Et qui fleurira sa tombe ? Qui se souviendra de son nom ? Comment saura-t-on qu'il est le dernier ? Moho Tani sera-t-elle toujours si immobile et impassible ? Et les reflets si blancs sur ses cailloux ? Et le sol si difficile à creuser ? Et Grami, sera-t-elle encore là, endormie dans sa petite tombe vermeille, coiffée de pierres rondes et de fleurs blanches ? Qui sait ces choses ? Qui s'en charge ?

Cet océan qui m'entoure ressemble un peu à la mer de Chine. Je sais pas, il a quelque chose de chinois ou de madrilène, non ? Peut-être dans cette façon qu'il a de danser sans cesse le flamenco ou le flamenkuche ou quelque chose de similaire. Depuis Moho Tani, toutes les voies mènent à la Chine. Ce sont les vagues qui me l'ont dit, la nuit dernière. J'ai percé leur secret. Lorsqu'elles arrivent sur la plage et s'étendent sur le sable, je les entends me chuchoter Chine… Chine… Chine…

Ça me saoule.

Pas un chat sur mon île. Pas de route non plus. Donc aucun chat qui traverse la route. Ni aucun mouton. Ça me manque. Est-ce que l'océan se traverse comme une route ? Est-ce que des poissons traversent l'océan entre Moho Tani et Hiva Oa ? À quoi ressemble un passage poisson ?

Je ne sais pas pourquoi je m'intéresse aux chats. Mais je ne suis pas le seul. Dans le bouquin d'un certain Pierre Loti, prêté par Cécile, il écrit « Nous sont-elles très inférieures et lointaines, ces bêtes familières, ou bien terriblement voisines ? Est-il beaucoup plus épais que le nôtre, le voile de ténèbres qui leur masque la cause et le but des existences ? », « Oh si l'on pouvait rien qu'un instant penser à sa place, et ensuite se souvenir. Quelle solution subite et décisive, pleine d'épouvante sans doute, cela donnerait à des problèmes éternels ? »

Je suis comme lui. Je me demande, si j'étais un chat, ce que je ferais sur cette île. Je chasserais les oiseaux, je crois. Je jouerais.

Tourne, la Terre, et amène-moi à demain. Dépêche-toi de finir ta rotation. Que Théia arrive et me prenne dans ses bras. Marre de cette affaire. C'était l'expédition d'un aventurier sans aventure. Je suis venu chasser un mouton presque mort, lui tenir compagnie, voir l'espèce s'éteindre. Je suis venu discuter avec moi-même, me trouver une grande idée. J'ai enterré un mouton. Ou plutôt : j'ai enterré Grami. Voilà peut-être le sens de tout ça. Cliché ? Je ne suis plus à ça près, je suis assis sur le sable d'une île déserte, sous un cocotier, et j'attends un bateau.

Jour dix. C'est Pierre qui vient me chercher, finalement. Les autres nous attendent au campement, un grand projet est en cours. Je me fous de ce qu'il dit, suis juste ravi d'entendre sa voix. Je lui raconte pour le dernier mouton, lui montre la tombe. Il me félicite et prend une photo de moi. Sa présence me fait du bien. Il se peut que j'aie un peu divagué, tout seul. On charge mon sac dans le Zodiac et démarre. Je m'assieds à l'arrière.

Ma plage et sa tombe fleurie s'éloignent doucement. Le vrombissement de notre moteur fait penser au réveil d'une baleine. Peut-être un jour Moho Tani se réveillera-t-elle ? Et elle plongera sous l'eau à nouveau, irriguera ces tonnes de verdure, réanimera Grami et les autres, et ils iront là où le monarque en décidera.

On longe la côte, vire à bâbord, prend le large. Au revoir Moho Tani. À jamais, sûrement. Seul un fou reviendrait te visiter. Je crois qu'on s'est tout dit et tout montré.

J'admire une dernière fois ces contours, reconnais les arbres et les rochers. C'est beau. Cette baleine, cette plage, ces… moutons ! Oh ! Sans déconner ! Il y a deux moutons sur ma plage ! Attends, je délire ? Non… Mais, mec… Deux moutons blancs près de la tombe de Grami… Deux moutons qui viennent me narguer ou qui viennent se recueillir… Deux moutons qui ont l'air de se demander comment j'ai pu les rater… Oh là là ! Le con !

Allez, fonce, Pierre, et surtout ne te retourne pas. Laissons-les tranquilles, après tout. Ils ne font pas tant de mal que ça.

Couché, Jean !

17

Pour porter notre message vers le public
avec quelque chance de faire sur lui
une impression durable,
il nous a donc fallu tuer des gens.

Unabomber, *Manifeste*

À la une, à la deux, et à la trois. Tout juste rentré, je prends leur grande idée dans la tronche : il faut saboter l'aéroport, détruire les groupes électrogènes. Trouver chacune de ces machines infernales et les éliminer de la surface de Hiva Oa. Car elles utilisent du carburant pour produire de l'électricité et éclairer les pistes d'atterrissage pour les avions. En m'exposant leur projet, Théia prend des airs d'éternité et de puissance. Elle est belle, comme ça. Elle me semble immense.

Et elle n'en démord pas, maintenant que j'ai sauvé Moho Tani des moutons (pensent-ils tous), il faut s'attaquer aux avions et à tout ce qui permet à l'aéroport de fonctionner. À propos de mouton, je suis félicité comme il se doit. Pierre a mis en ligne la photo de moi devant la tombe avec le commentaire « Nous redonnons à la nature sa liberté ». Ils disent qu'elle a beaucoup de succès, que c'est bien. Même Olga se fend d'un commentaire enthousiaste :

— Ben voilà, ça doit te changer de ces voleurs de capitalistes, non ?

— Ouais. Hé, je me demandais, Planète m'a dit que t'es parange.

— Ah bon. Et alors ?

— Je suis désolé pour toi. Et j'ai eu le temps d'y réfléchir un peu sur l'île, tu vois.

— Et puis ?

— Ben est-ce que, ça, c'est pas naturel, justement ? J'veux dire, c'est dans la nature, quoi, de perdre un enfant.

— Non.

— Mais si, non ? Tu me disais qu'il fallait pas être artificiel, tout ça, accepter la dureté de la nature.

— Ça n'a rien à voir. La nature nous invite à donner la vie, pas la mort.

— Tu connais Diderot ? Je lisais son bouquin sur le voyage de Bougainville à Tahiti. Dans sa bio, ils disent qu'il a perdu des enfants, aussi.

— Qu'est-ce que tu me parles de cet esclavagiste ? Tu peux pas comprendre, t'es un homme. Vous ne donnez pas la vie, vous la prenez.

— Non mais, il était pas esclavagiste du tout, et je trouve intéressant qu'il ait, malgré la mort de ses enfants, écrit l'*Encyclopédie* et…

— Allez, passe à autre chose, et bravo quand même, pour ta partie de chasse.

Je suis accepté dans leur organisation, maintenant, fais partie de la grande famille *Saving Our Planet*. Mais une question subsiste : est-ce que je veux d'eux autant qu'ils veulent de moi ? Et leurs grandes idées, là ? Est-ce pour moi ? Honnêtement, c'est surtout Théia que je voudrais. Le reste, bof. Leurs combats ne sont pas les miens ; ce couple de moutons qui reste sur Moho Tani ne m'empêche pas de dormir, au contraire, il me réjouit ! Qu'ils broutent toute l'herbe, chaque écorce, chaque arbre, jusqu'au dernier ! Ça me va !

— Tu es prête pour demain ? je demande à Théia.
— Oui, je crois… Merci de venir avec moi.
— Tu es sûre de vouloir le faire ?
— On a dit qu'on ne revenait pas là-dessus ! et elle m'embrasse.

Avec Théia, les choses sont simples. Elle use de son charme pour que je l'aide dans son affaire de sabotage, et je l'aide pour profiter de ses charmes.

Être avec cette fille me fait un bien considérable. On se promène, elle me prend la main et je plane. Direct, sans raison suffisante, jc plane. Elle dit que je n'y suis pour rien au sujet de Grami, et je la crois. Elle n'a pas d'argument, c'est juste l'éclat de sa voix ou le balancement de son corps dans l'air tiède qui me convainc.

C'est physique, on ne répond plus à aucune loi humaine, aucun artifice, c'est la nature qui joue. Le mouvement vient d'en dessous, il nous porte. On croit que notre âme se situe au-dessus de notre tête, on pense devoir vivre pendu à un fil, hissé par le haut comme un poisson qu'on pêche. Mais la véritable vie, sa volonté, sa puissance, vient d'en bas. Elle vient des profondeurs, elle est poussée vers le ciel comme une montagne.

Maintenant, la nuit tombe dans notre tente arrondie. L'heure est bleue, nos corps sous atmosphère. On respire. C'est un petit miracle d'être là. On se cache. Dehors, l'espace et le vide. Dedans, la matière chaude, des atomes à exploser de désir.

Je la serre contre moi et enfouis mon visage dans sa nuque. J'ai rendez-vous avec une femme. C'est là qu'on les rencontre vraiment, les yeux clos, au plus près des battements de leur être.

Théia est dorée et sableuse. D'autres sont minérales, végétales, florales ou nuageuses. Chacune a son langage, sa symbolique. On laisse faire les instincts, les corps se parlent et leur langue ne s'apprend dans aucun livre. Elle s'éprouve.

J'ai envie de toi, elle murmure. Elle le dit dans l'air pastel de notre atmosphère. Elle souffle ses paillettes dorées, allume mon ciel. Moi aussi j'ai envie d'elle, mais elle le sait déjà. Les mots qu'on dit sont toujours en retard sur ceux qu'on ressent.

Je l'embrasse, on bascule en arrière. Sa peau est encore chaude des rayons de l'après-midi. C'est sublime. Pendant que j'accumulais tout ce désir, elle se gonflait de chaleur. Elle sera ma fièvre, ce soir, mon deuxième soleil.

J'ai envie de toi, je réponds. C'est le contrat, la signature. Après ça, le cerveau peut disjoncter, l'oxygène commencer à manquer. C'est la grande ascension.

Ma sirène a envie de jouer, elle met ses cheveux devant son visage et me regarde au travers. Je sens son torse serpenter dans mes bras, la négociation entre nos deux corps doucement aboutir.

— Tu es belle.

— Embrasse-moi encore.

— Où ?

Le jeu des paumes s'inverse. Demi-tour. Maintenant les caresses se font avec les doigts dirigés vers le bas. Le cerveau éteint, on abandonne les épaules pour le flanc, le ventre, les reins. La musique descend dans le corps, la bouche se tait pour embrasser, le bassin dirige.

La peau de Théia est un ravissement de douceur, et quel parfum. Il y a le tiaré, le frangipanier, le musc turquoise de l'océan et le fumet envoûtant des branches de manguier qui brûlent dans le feu sur la plage. Tombent nos enveloppes, ne reste que la peau, comme si nous n'en avions qu'une seule, une chrysalide pour nous transformer en papillons. Vole, mon aquarelle, virevolte dans l'air suintant et ne te repose pas avant ton dernier souffle. Vole ! Monte vers cette lumière qui t'éblouit. Monte ! Va jusqu'au bout du monde et ne cherche pas à revenir. Monte encore ! J'suis comme un fou, là !

— Attends, je dis, avant de craquer.

— Quoi ?

— J'ai rien pour nous protéger, est-ce qu'on devrait pas…

— Mais non, viens, c'est bon…

Et elle continue. Elle fait de la magie rose. Son bassin ondule avec le mien, elle souffle. Notre atmosphère est humide. Elle voudrait m'engouffrer, je le sens.

— Viens, entre.
— T'es sûre ?
— C'est bon, crois-moi…
— Non, mais…
— Allez, viens, on ne risque rien, je me suis fait stériliser…

Ouah ! Le truc ! Je me redresse dans la tente, ahuri.

— T'as dit quoi ?
— J'ai fait une opération pour ne pas avoir d'enfant.
— Mais pourquoi ?
— J'ai pas envie et on est beaucoup trop nombreux sur terre. Allez, viens… et elle menace de m'engouffrer encore.
— Attends, attends…
Je reprends ma peau, lui laisse la sienne. Un vertige passe. Je n'ai pas d'autre question à lui poser, mais comme je cherche une autre réponse, j'y vais quand même. Pourquoi ? Mais pourquoi ? Enfin, explique-moi… Aide-moi à comprendre… Rien à faire.

Elle me dit qu'elle n'en ressent pas l'envie, de toute façon, et que ça ne lui viendra jamais. Je lui dis que ce n'est pas le genre d'envie dont on a l'habitude. Que ce n'est pas comme une paire de bottines ou une nouvelle bagnole, un gosse. Que ça ne se joue pas au même endroit, dans le cerveau. Enfin, sûrement, quoi. Que c'est plus de l'ordre du destin, que ça se passe dans tout le corps plutôt que dans la tronche. Mais elle s'en fout et se justifie : J'veux pas non plus risquer de finir parange, et tout, et on est tous des enfants de Gaïa de toute façon, non ?

Non, je pense. Elle se cabre et vient pour m'embrasser. Et je pense à d'autres trucs, aussi, comme à ma mère à moi, et un peu à mon père. Ils ne sont pas du genre à me manquer, d'ordinaire, mais là ça me prend et ça menace de ne pas me lâcher pour la soirée.

Alors bon, je réessaye, on remet ça, le soleil, le bassin, le papillon, mais rien n'y fait. Le KO qu'elle m'a mis. Je reste à quai. En fait, j'ai l'impression que ce corps, même s'il est chaud, même s'il est dessiné par les anges, même s'il se tortille de désir, il est mort. Pire, il a été assassiné. Ce n'est pas l'impossibilité de filiation qui me dérange, c'est le fait de l'avoir anéantie. Oh, je me sens con, de penser une chose pareille.

Théia rit et n'arrête pas de dire Oh ça va, arrête un peu ! Quel gosse tu fais. Petite nature. Grandis un peu. Trouve-toi ton idée, allez. Grandis j'te dis ! et elle s'allume un joint. Notre atmosphère est troublée par ses volutes lourdes et très odorantes. Tiens, Héraclite, ça te fera du bien ! elle continue. Elle doit me trouver trop concret, trop coincé, trop près du sol, trop plein de choses. Trop suisse peut-être, aussi. Je m'excuse mais elle s'en fiche, elle pense au lendemain, aux groupes électrogènes à saboter, à cette putain de planète qu'elle veut sauver. Elle pense que je dois fumer, que ça me ferait du bien. Je tire sur son spliff, m'étouffe, crache. Ça la fait rire, encore. Et moi je pleure un peu mais, c'est la fumée.

Après, elle se tourne et se met en boule de l'autre côté de la tente. Allez, il faut qu'on dorme ! elle me dit. Et moi je la regarde s'endormir sans savoir si elle va se réveiller demain, si seulement demain signifie quelque chose, pour elle. Et je pense à Grami, le mouton je veux dire, quoique je pense à l'autre Grami aussi, et à tout ce qui m'a amené jusqu'ici.

Mais c'est surtout aux moutons que je pense, à ce couple sur Moho Tani que j'ai épargné par maladresse, à cette extinction qui n'en était pas une, à ce sentiment lumineux qui me rapproche de la vie plutôt que de la mort. Et maintenant, je pense à nouveau à mes parents, à plein de trucs un peu cons. Et je sens des larmes monter, encore, depuis ma gorge jusqu'à mes yeux. Alors, je sors prendre l'air.

Dans le ciel, je cherche. Je cherche ma grande idée, ma cause, ce truc qui manque. Et je cherche la Grande Ourse, aussi. La casserole, dirait ma mère. Et elle me pointerait l'étoile polaire, le scorpion, le lion, le lièvre ou le bélier. Moi je ne reconnais rien. Ma mère trouvait des animaux dans le ciel et moi je ne suis même pas capable de trouver deux moutons sur une petite île. C'est tellement con mais ça me fait chialer, encore. Je sens, ça monte doucement, gonfle mes paupières et roule sur mes joues. Et ma poitrine se soulève par saccades. Alors je fume, je tète ce putain de spliff et cherche la casserole. Mais elle n'est pas là, elle doit se trouver de l'autre côté du monde, forcément. Je me sens loin de chez moi. Je chiale, tousse, gémis, mais peu à peu je me sens bien, aussi. Le circuit de mes larmes devient plus fluide et elles ont un goût de sel sur mes lèvres. J'ai comme des ruisseaux sur mon visage, une source pure et belle qui passe par mes yeux et les trouble. Et sur la voûte, là-haut, les planètes semblent entamer une danse tremblotante. Je tète mon joint et crache ma gratitude dans l'éther. Je m'assieds au bord de l'eau et pleure encore. Tout m'émeut. Grami, les moutons, ma mère, les enfants de Cécile, ces deux gosses insupportables mais tellement beaux. Et les petits veaux ! Ça me prend tout à coup, j'ai l'impression de les voir gambader dans le ciel étoilé, de les entendre, même, frapper des sabots, se réjouir. Je me couche sur le sable et ça continue. Ça me tire des larmes, encore, même les yeux fermés. Je me redresse. Les étoiles glissent sur mon visage, maintenant, tièdes et rondes, elles roulent jusqu'à ma mâchoire et tombent dans mes mains. Je tiens l'univers scintillant dans le creux de mes mains, le porte jusqu'à l'océan et le relâche. Et alors il se met en expansion, ondule et scintille encore plus fort. Ouah c'est beau. Je veux que ça dure alors je tète encore, je suce mon joint, mon pouce, mes doigts. J'ai un goût de fleur, celui que ma mère cachait dans ses foulards. Je voudrais te retrouver, Maman, m'enrouler dans un de tes grands tissus colorés et que tu me portes. Où es-tu ? Est-ce que tu vas bien ? Ta constellation brille plus fort depuis que tu l'as rejointe. Mais tu manques à la Terre. Toi, tu saurais comment faire pour la sauver. Dis-le-moi, Maman.

Et regarde-moi, couché là. Regarde comme j'embrasse la Terre. Comme je suis bas. Comme mes larmes retournent à leur source salée entre les grains de sable. Comme je suis reconnaissant devant vous deux. Pardonnez-moi... Mères, pardonnez-moi... Ô mères, toujours aimez-moi... Ô mères, qui m'avez mis au monde...

18

Je chanterai Gaïa, Mère de tous,
aux solides fondements, très antique,
et qui nourrit sur son sol toutes les choses
qui sont. Et tout ce qui marche
sur le sol divin, tout ce qui nage
dans la mer, tout ce qui vole,
se nourrit de tes richesses, ô Gaïa !
De toi viennent les hommes
qui ont beaucoup d'enfants
et beaucoup de fruits, ô Vénérable !
Et il t'appartient de donner la vie
ou de l'ôter aux hommes mortels.

Hymnes homériques

Lève-toi, César, et viens ! Viens avec moi ! Je t'emmène pour un voyage, un *tour du monde*, comme vous dites, une mise au point. Tes yeux et ceux de tes amis sont humides quand vous pensez à moi, et vous croyez devoir me sauver. *Saving Our Planet* que vous dites… Vos intentions sont douces, mais votre esprit est inculte et minuscule.

Vois ces choses qui t'entourent, ce sable sur ta peau, ces larmes, ce vent, cette eau, ces bateaux au loin, ces lueurs. Vois ce qui t'est invisible, aussi : ces molécules, ces atomes, cette roche souterraine, ces orages à venir, ce cœur dans ta poitrine, les émotions dans ce cœur, cette tristesse, cette conscience juste là, maintenant, ce rêve que tu es en train de faire. Tout ça est mon ouvrage. Tu es mon ouvrage.

J'œuvre depuis plus de quatre milliards d'années. Peux-tu te les représenter ? Une seule décennie te donne le tournis, te rend fou. Moi, je me souviens de chaque seconde, je suis une mémoire vive.

Sais-tu qu'il a plu sur ma surface durant un million d'années ? Non, bien sûr. Ou peut-être le sais-tu, mais tu l'oublies aussitôt, car ta mémoire est trop courte. Moi je me souviens de chaque goutte. Mais ne sois pas dur avec toi-même, humain, tout cela est bien normal ; tu es mon ouvrage et je ne t'ai donné qu'une petite mémoire. Efforce-toi de comprendre et ne m'en veux pas, je t'ai conçu avec tes limites.

Tu crois connaître mon alphabet, tu tiens à jour le « tableau des éléments »... tu es admirable de courage mais tu connais si peu de choses. Mille éléments sont venus, et mille autres sont à venir. Tout cela te remplacera, humain, comme les dinosaures ont été remplacés.

Je te l'ai dit : j'ai quatre milliards d'années. Et j'en ai encore cinq autres à vivre. Cinq milliards puis je serai détruite. La vie a un terme, tu le sais bien. La mienne mais d'abord la tienne, avant toutes les autres. Combien d'années pensez-vous vivre, toi et tes amis ? Une centaine ? C'est tellement court, petit homme, ne perds pas ton temps à t'inquiéter pour moi.

J'ai survécu à vingt millions d'années de bombardements de météorites ! Aux supernovas ! À une température de mille deux cents degrés ! À des marées gigantesques ! À plusieurs milliards d'éruptions volcaniques ! Aux pluies acides ! À une couche de glace sur l'entier de ma surface ! Aux épanchements basaltiques ! Aux extinctions de masse ! À la deuxième grande glaciation ! Au décalage des pôles ! Aux réchauffements, aux refroidissements ! Et à tant de choses dont tu n'as pas encore connaissance… Et à tant d'autres dont tu n'auras jamais connaissance…

Que me dis-tu ? Tu t'inquiètes pour les bombes atomiques ? Tu crains de me détruire ? J'ai survécu au choc d'un astéroïde un milliard de fois plus puissant que vos bombes atomiques ! Vous ne détruisez que votre écosystème, votre futur, vous, rien de plus. Vos armes et vos catastrophes sont à votre échelle, elles ne sont rien pour moi.

Et tu penses que je t'en veux ? Que j'ai l'intention de te punir, de me venger ? Que les maladies, les virus et les variations climatiques te sont directement adressés ? Tu es fou ! Tu te donnes beaucoup trop d'importance. Je n'ai ni intention ni morale, petit homme, je ne suis que puissance et matière. Je suis par-delà votre bien et votre mal.

Vois la Lune, cette boule qui te charme. N'est-elle pas belle ? N'as-tu pas repoussé tes limites au-delà du raisonnable pour t'en approcher ? N'est-elle pas la raison de tes marées et de tes poèmes ? Sache qu'elle est mon enfant. Elle est née de mes rencontres, elle est une part de moi, un éclat de ma puissance.

Viens, humain, survole-moi que tu crois devoir sauver, je te fais visiter… Bienvenue en Australie il y a six cent cinquante millions d'années, admire cette boule de glace… Vois le monde il y a trois cent cinquante millions d'années, observe cette roche en fusion, ce feu incandescent, la cendre qui asphyxie et qui brûle tout… Viens dans le Nord, maintenant, contemple l'Europe reliée à l'Amérique il y a vingt mille ans.

Vois tout ça et aie l'humilité d'imaginer tout ce dont tu n'as pas connaissance. Ta mémoire est courte mais ton imagination est immense. Alors, conçois la prochaine glaciation ! Les futures éruptions ! Les explosions d'étoiles à venir ! Et les météorites ! Et les pluies acides ! Sois courageux et dis-moi : quelle est ta place dans tout ça ?

Suis mon conseil : réveille ceux qui sont endormis, César. Cesse de vouloir me sauver, et sauve-toi, sauvez-vous. Fais tout ce qui est en ton pouvoir pour sauver l'humanité si cela te chante, mais ne prétends pas agir pour moi. Oublie-moi un peu et inspecte-toi. Sois humble et franc. Regarde-toi et demande-toi combien tu pèses dans l'univers ? Rien du tout. Tu n'as que quelques poussières d'années à vivre. Tu n'es qu'une variation sur le thème de ma créativité.

Alors, sauve-toi pour quelques années de plus, pour une poignée de générations, pour rêver encore un peu, pour prolonger notre cohabitation. Mais n'aie aucune crainte pour moi, je vais très bien, je t'en remercie, je suis à l'acmé de ma vie et me réjouis tellement des milliards d'années à venir. Et je ne t'oublierai pas, comme je n'ai pas oublié tous mes visiteurs. Mais si j'avais un cœur, comme toi, il serait un peu lourd lorsque je pense à toi, car tu es et resteras sûrement le plus bref, le plus arrogant et le plus condescendant de mes passagers. Allez, sèche tes larmes et va, humain, va profiter de ta courte vie !

19

Moi, créature humaine
et de faible existence,
Rien qu'avec un charbon,
un mouvement de bras,
Je puis mettre d'un coup
une merveille à bas,
Réveiller tous les dieux
comme au bruit du tonnerre,
Jusqu'au fond de son cœur
épouvanter la terre.

Auguste Barbier, *Érostrate*

Au réveil, le sable froid et humide colle à ma chemise. Les premières lueurs ravivent les cendres noircies du ciel qui prennent une teinte orangée. Je me lève, étourdi par tant d'anthropomorphisme, et fais quelques pas dans l'eau. Il fait bon, pas encore chaud. Les autres dorment mais vont bientôt s'activer, c'est leur grand jour. Je patauge dans un état de douce et tiède folie. Ma joie est matérielle, tout semble amplifié, le retour du soleil, la sensation du sel sur ma peau, le spectacle époustouflant et accidentel de ces îles qui surgissent là, au milieu du Pacifique. Je ressens profondément la chance inouïe que j'ai d'être ici, le prodigieux voyage qu'ont fait ces atomes pour venir jusqu'à moi, me constituer, donner la vie et faire le monde.

Réveille ceux qui sont endormis, César.

Ma rêverie me laisse une impression de chaleur et de puissance. Je ressens ce feu incandescent, les embrasements, notre planète en fusion. Je vois la lave qui coule et fait fondre la terre tel un coulis passion sur une boule de glace. Et une phrase d'Héraclite me revient comme une sentence : « En survenant, le feu jugera et s'emparera de toutes choses. »

Sur la plage ondule le pavillon *Saving Our Planet*, et à son pied les tentes bariolées vrombissent des ronflements de leurs hôtes. Les rayons de lumière vont bientôt percer les tentures et les inonder de lueurs colorées. Mais c'est d'une pierre noire que mes nouveaux amis veulent marquer cette journée. Sabotages, pannes, prise de la tour de contrôle, c'est l'aéroport qui est visé.

Au large flotte un bateau de croisière. Les touristes déjà levés sifflent et me font de grands signes depuis leurs balcons. Ils sont lourds, leur bateau est lourd, c'est vrai. Couché, Jean !

Et moi je suis là, les pieds dans l'eau, encore un peu perché, à équidistance de ces deux bizarreries. L'une me semble faite d'ignorance, de bêtise et de veulerie. Et l'autre est si sérieuse, si totalitaire et si peu humble. Entre ceux qui ne changeraient pour rien au monde et ceux qui veulent changer le monde, je refuse de faire un choix. Les faux humains sont sûrement dans les deux camps.

Réveille ceux qui sont endormis, César.

Je reste là, moi, Héraclite. C'est ici que devraient se tenir les hommes : où les vagues se terminent et la terre ferme commence, à la lisière, là où l'eau devient terre et la terre devient eau. Mes pieds se sont enfoncés dans le sable et je ne vacille plus. Je suis éveillé.

Rejoignez-moi ! Je vous invite dans mon angle mort. Transformons-le en angle vivant, réinventons-nous depuis là. Partons ensemble. Du faux humain passons au sur-humain. La nature nous parle, ici. Les vagues chantent leur éternel retour, les oiseaux descendent des montagnes vers la terre, le savoir est gai.

Je remonte la plage ardoise, l'empreinte de mes pas sur le sable est comme la résolution de l'équation suprême sur le tableau noir de la vie. Il me semble que j'ai un corps nouveau, que mes atomes sont renseignés et confiants. Que je brûle d'un feu vif.

Réveille ceux qui sont endormis, César.

Dans la tente, je regarde dormir Théia. Elle est belle mais je suis triste pour elle. Je me dis qu'il est faux de croire qu'il y a une planète à sauver. Que ce n'est pas juste de croire que le problème vient des groupes électrogènes, de leur consommation de ressources non renouvelables et des avions qu'ils permettent de faire décoller et atterrir. Je crois que le problème est ailleurs.

Charles Lane l'avoue : si Fruitlands a échoué au bout de sept mois, ce n'est pas uniquement à cause de l'hiver ou des ressources du groupe, mais surtout parce que ses membres ne sont pas parvenus à s'entendre et à vivre ensemble. Lui-même, fondateur intransigeant et autocratique, a chassé l'une des habitantes du « paradis » végétarien de Fruitlands car elle aurait goûté à un morceau de poisson. Ce sont bien les humains qui causent leur propre perte, ils n'ont pas besoin de la rudesse de la nature pour ça.

Mais je le sais pour l'avoir vécu moi-même : un éveil est possible. L'humain n'est pas condamné à la bêtise et à l'ignorance. Il suffit parfois d'un drame, d'un feu. Alors je bénis Grami d'être morte pour me sauver moi. Je bénis le feu d'être la source de toutes les révolutions. Et je me félicite d'avoir trouvé ma grande idée : *réveille ceux qui sont endormis, César.*

J'embrasse Théia en prenant soin de ne pas la réveiller, et fais mon sac. Il faut que je me tire de là avant leurs sabotages. Alors je m'éclipse discrètement et monte dans un taxi qui me conduit à l'aéroport de Hiva Oa. Le prochain avion pour Papeete décolle à 10 heures, et dans l'après-midi je peux prendre un autre direct pour Paris. C'est parfait.

On survole Moho Tani. La baleine est toujours endormie mais maintenant je sais qu'elle se réveillera un jour et se transformera, que sa vie ne fait que commencer. Le paradis est là, sous mes yeux. Et ce ne sont pas nos quelques bombes atomiques qui l'ont détruit.

Il va très bien, le paradis, ce sont ses habitants qui sont malades.

Mais ça ne durera qu'un temps, un petit temps humain, presque rien. Un temps si court, si bref, une fête terminée avant la fin. Une fête que tu écourtes, ma belle Théia. Toi si belle, toi qui virevoltes sous les astres, toi qui resplendis de toute ta vitalité. Pourquoi ? Pourquoi retirer ta part de magie de ce monde ? En pensant à toi, ce ne sera pas la joie qui m'empêchera de dormir, comme Segalen, mais le désespoir. Tu me fais craindre que vienne le temps où l'homme ne donnera plus naissance à nulle étoile.

C'est la fin des vacances à Tahiti, les *faranis* rentrent à Paris avec de lourds colliers de fleurs autour du cou. Il n'y a plus un tiaré sur l'île, les touristes emportent les couleurs et les odeurs avec eux, vont les dissoudre dans le ciel, avec leurs gros avions métalliques, leurs traînées blanchâtres, cicatrices dans un ciel courbatu.

Dans l'avion pour Paris, je lis un article : « Après 230 likes sur Facebook, un algorithme vous connaît mieux que votre conjoint ». Eh ben ! Le brillant chercheur va dans le détail et estime que 10 likes suffisent à un algorithme pour mieux connaître quelqu'un que ses collègues, 100 likes pour mieux le connaître que sa famille. Voilà l'état de la recherche. Le niveau de complexité auquel sont réduits les faux humains. La belle technologie qui met la nature en boîte, qui lisse tout, réduit tout. Vraiment ? Qui es-tu, vilain chercheur, pour prétendre cela ? Comment peux-tu te croire tant supérieur à la nature ? Comment ne vois-tu pas la complexité du monde qui t'entoure ? Comment peux-tu être si bête ? Et quels guignols peuvent croire à ça ? De combien d'abrutis parle-t-on ? Quelle est la taille du bûcher qu'il faudra dresser pour tous les réveiller en même temps ?

En survenant, le feu jugera et s'emparera de toutes choses.

« Toutes choses naissent de la discorde », a écrit Héraclite. Durant ces heures de vol, cela me semble une évidence. Il faut rompre les accordages et les silences trop purs par le feu et la discorde. Et de là repartir, reconstruire. Je sais d'où je viens et, dorénavant, je sais où je vais. J'avance vers la vie. À l'inverse de Théia, je veux beaucoup d'enfants. J'en veux des centaines ou des milliers, tout un peuple réveillé, comme moi. Je veux aller traire les vaches de David avec ces aliénés qui passent leur temps sur les réseaux sociaux, aller arracher les racines de gentiane avec les ahuris de Philip Morris, aller regarder les petits veaux sortir au printemps avec tous les habitants de la ville de Lausanne.

Et dans mes somnolences je vois une boucle, un cercle parfait. Et sur ce cerceau des flammes qui s'enroulent, généreuses, éternelles. Et le feu qui tourne sur lui-même, s'engendre, se relance et fait fondre les petits personnages en sucre qui s'en approchent. Et alors le sucre pétille, goutte, comme un caramel soyeux. Et ces larmes de joie chaude tombent dans les gueules d'autres personnages plus véritables, meilleurs. Et j'ai un goût de bonbon dans la bouche, des arômes de vanille et de cannelle. Et autour de moi les passagers sont presque crevés, la tronche comme fondue dans la pénombre, la gueule ouverte vers la climatisation, le souffle fétide, asphyxiés.

Atterrissage à Paris. Ville lumière, ruine à venir, cité éphémère, rêve fugace, tu es sublime. Comme tout ce qui est sur le point de disparaître, tu me vas au cœur. La neige des premiers jours de janvier te stupéfie, je te vois tout faire traîner, t'engourdir. Tu ralentis, laisses passer l'orage. Tu as raison, sois patiente, la neige s'en ira bientôt, comme tout le reste, comme toi.

À la gare de Lyon, les quelques trains qui sifflent sont blêmes d'avoir traversé le pays sous tant de poudre. Leurs locomotives chassent des tonnes de flocons et recouvrent les quais d'un verglas grisâtre. Mon TGV pour Lausanne est en retard selon notre temps humain, il est pile à l'heure du temps cosmologique. Il arrivera quand cessera la neige et quand fondra la glace.

Un chat traverse la route sous les flocons. Le chat sait-il si la chatte qu'il rejoint de l'autre côté, au péril de sa vie, est stérilisée ? Et s'il le sait, cela le dérange-t-il ?

En face de la gare, L'Européen draine ses stores sous les assauts du ciel et remplit ses vitres d'une épaisse buée. Un écriteau turquoise scintille, *Fruits de mer, vente à emporter*. À l'intérieur pétillent les écrans des portables, sonnent les téléphones, s'agitent les travailleurs. Paris est givré mais il faut courir. Oui, courez, faux humains ! Votre temps en a décidé ainsi ! Courez ! Vous vous arrêterez cet été, pour deux semaines ou trois. Mais courez ! La grande scène est à vous, faites du bruit ! On ne vous entend pas, faites du bruit ! Ça sonne faux mais peu importe, le public a quitté son siège et rejoint la scène, c'est de l'improvisation, prenez votre pied. Et si la scène s'effondre sous votre poids, n'ayez crainte, votre nom est sur l'affiche. Vous êtes éternels. Oui, éternels ! Le monde se souviendra de vous.

Les clochettes lumineuses des lustres de L'Européen sont comme des étincelles, comme des petites flammes onctueuses trop contenues. Ce gentil bûcher devra un jour s'enflammer jusqu'à faire fondre la neige et réveiller chaque esprit. Il faudra un incendie comme celui de Notre-Dame, plus beau encore.

Et toi, Lausanne, est-ce que le feu te fascine ? Dans quatre heures je suis à toi et nous allons en avoir le cœur net. De combien d'incendies as-tu besoin ? Combien de Grami sont nécessaires ? Combien caches-tu de faux humains qui ignorent tout de leur voisin ? Je suis prêt à mener l'expérience, Lausanne. Je serai ton Unabomber et tu seras mon triomphe. Et je sais par où commencer, je sais où sont concentrés tes faux humains.

Ton Érostrate arrive, Philip Morris ! Prépare-toi pour ton feu d'artifice. Septième merveille de notre monde cul par-dessus tête, temple de l'artificialité et de la chimie, cigarettier sans feu, je serai ton Érostrate ; tu brûleras comme le temple d'Artémis.

En survenant, le feu jugera et s'emparera de toutes choses.

20

Nous n'avons que du vent
et de la fumée en partage.

Michel de Montaigne, *Essais*, II

Gare de Lausanne. Je veux voir Philip Morris et les rives du Léman brûler comme la ville de Troie, comme la bibliothèque d'Alexandrie, comme les forêts d'Australie ! Je sais comment m'y prendre, comment détruire le monstre de l'intérieur. Il me faut de l'essence pour foutre le feu au système de ventilation, cramer les tableaux électriques, que tout s'enflamme et se diffuse.

À la première station essence, j'entre.

— Deux jerricanes, s'il vous plaît.

— Panne ? Vous êtes où, je peux vous pousser, me fait le pompiste.

— Non, merci. Je marche. Sans plomb.

— Vieille bagnole ?

— Avec des allumettes, s'il vous plaît.

— À quoi vous voulez foutre le feu ? il rit.

Oh il m'emmerde avec ses questions. J'essaie de payer avec ma carte mais elle est refusée. Je lui tends des euros. Sur le comptoir trône le présentoir IQOS. *En tant qu'êtres humains, nous progressons et nous trouvons toujours une meilleure voie. Ensemble, nous découvrons des choses exceptionnelles tous les jours. Il suffit d'un changement de perspective.* Cigarette sans odeur de fumée, mais enfumage quand même.

— De retour de vacances ?

— Oui, c'est ça.

— Au soleil ? Vous avez de belles couleurs… Difficile, le retour à la réalité, j'imagine. On a un sacré hiver ici… Vous étiez où ?

— Polynésie.

— Veinard ! C'est mon rêve, ça. Le paradis ! J'lui dis, à ma femme, on bosse encore dix ans et après on part vivre au paradis.

— C'est bien, ça.

— Je vous ai activé la pompe au numéro 3.

— Merci m'sieur, bonne soirée.

— À vous aussi, et bonne année ! Ça fait déjà deux semaines mais c'est encore le temps pour les bonnes résolutions ! Et prenez soin de vous !

Je sors avec mes deux jerricanes pleins. Les cons sont encore moins supportables sous la neige. Comme si le froid ne laissait plus aucune patience pour les autres malheurs de la journée. Et je ne sais pas s'il était si con que ça, ce type. Je crois que je n'ai juste plus de curiosité pour certains hommes. Et ma grande idée me porte, me pousse et me prend toute la tête, je n'ai de place pour rien d'autre.

Réveille ceux qui sont endormis, César.

La neige tombe par gros flocons, le spectacle sera superbe. Les lames écarlates feront fondre le ciel stracciatella, et chaque Lausannois s'endormira ce soir avec la crainte de se réveiller sur un bûcher. Lausanne, tu es mon chandelier pour la nuit, ma torche, notre lueur à tous, la voie à suivre.

Je traîne mes jerricanes, descends l'avenue du Rond-Point, là où tout a commencé. Depuis les cieux, Grami me regarde peut-être, innocente sacrifiée sur l'autel de ma révolte. Elle doit être fière, je me dis.

Je fais un court détour et remarque que l'immeuble est toujours là, masse grise informe, tas de suie sous la neige. Rien n'a bougé depuis septembre.

Je m'approche de la carcasse carbonisée. Un cordon rouge attaché à un panneau *Interdiction d'entrer* entoure la zone. Étrange. J'avance, l'enjambe et lis sur la porte *Bâtiment scellé pour cause d'enquête de police en cours*. Sur le mur calciné un tag rouge sang : ESCROCS.

Je reviens sur mes pas, entre dans le café de Grancy. Le barman me reconnaît et fait un signe.

— Hé César, ça fait un bail ! Qu'est-ce que je te sers ?

— Un verre d'eau, s'il te plaît.

— La pêche ? T'es tombé en panne ? il demande en pointant du doigt mes jerricanes.

— Ah ça… non, t'inquiète.

— C'est ton alcool pour la soirée ? il rit… Et tu deviens quoi ?

— Ça va, écoute, tranquille.

— On te voit plus. Faut que tu passes boire un coup le soir.

— Ouais. Dis voir, il se passe quoi avec l'immeuble à côté ?

— Arnaque à l'assurance, je crois… t'as pas vu les articles ?

— Non, tu pourrais me prêter ton téléphone deux secondes ?

— Ouais, tiens.

Vous connaissez quelqu'un qui utilise déjà IQOS ? Demandez-leur de vous parler de leur expérience et insérez le code MYFRIEND dans le formulaire de commande pour obtenir une réduction de 30 CHF si vous décidez d'acheter.

L'article sur le site du *Temps* est explicite :

Selon les enquêteurs, l'incendie de l'avenue du Rond-point à Lausanne aurait été volontaire et serait lié à une vaste affaire d'arnaque à l'assurance. Lory Wagner, propriétaire de l'immeuble, a été mise en examen pour complicité d'incendie volontaire et escroquerie. L'octogénaire, déclarée décédée dans l'incendie, a été arrêtée à l'étranger. Malgré les recherches, son cadavre n'avait pas été retrouvé dans les décombres et la police avait ouvert une enquête. Des témoignages laissaient penser qu'elle aurait vécu et serait décédée dans un petit appartement du premier étage bel et bien enregistré à son nom, mais inhabité depuis plusieurs années. « Tout a été fait pour nous convaincre du décès de l'accusée, mais il apparaît aujourd'hui évident que cette histoire est basée sur un mensonge. Dans cette affaire Wagner se trouvent mêlés la brutalité, l'artificialité et, disons-le, l'idiotie », affirme Jacques Antenen, chef de la police vaudoise. D'autres investigations concernant des proches ainsi qu'un voisin sont en cours pour faux-témoignage, escroquerie et délit de fuite, selon une source…

La suite est réservée à nos abonnés. Abonnez-vous.

J'entends Ça va, César, ça va ? avec de l'écho. Je crois que non. Ça fait comme un immense vase de bruit tout autour de moi, en rotation comme une poterie. Des visages se rapprochent et m'encerclent. Ils ont des masques, de grosses tronches en sucre et en caramel, lèvres et nez à moitié fondus. Des tronches enflées, ils ont ! Qui dépassent de la scène, qui coulent jusqu'à moi. Des tronches horribles, vraiment.

Pis tout le théâtre commence à trembler. C'est le monde qui s'ébroue, qui décolle et qui vient voleter devant mes yeux. Putain, on dirait un papillon aux ailes en feux d'artifice, le monde. Une créature monstrueuse, un clown ! Il me fait des grimaces, se pince les joues, enfile un nez rouge et enchaîne les pitreries. Il se moque de moi, jongle, cabriole. Il vrille, fouette un cheval, se fiche de tout, n'a aucun sens.

Alors mon cerveau rembobine, il *re*, *pomme Z*, je suis de retour sur Moho Tani. Grami est enterrée ici, sa tombe vermeille est bien là. Je prends une rincée de gentiane, change les fleurs, ajoute quelques cailloux apportés par l'océan. Ça va aller.

Le barman me sert un verre d'eau et m'invite à m'asseoir. Je le remercie, lui rends son téléphone et sors avec mes litres d'essence. La neige tombe à gros flocons mais j'ai si chaud qu'elle semble fondre avant de m'atteindre.

Je marche. J'avance sans savoir où aller. Pendant un instant, je pense que c'est à moi que je devrais foutre le feu, puis non, franchement, c'est débile, arrête, je me dis. Mais quand même, quel con. Quel pauvre type je fais. Ma petite révolte contre les artifices est née d'un artifice, d'un putain de fantôme. Je suis là, plein de feu, plein de puissance, prêt à exploser dans la neige fraîche, mais à quoi bon ?

J'avance, marche encore. Je pense aux Wagner, cette famille de pleurnichards. La petite gosse en larmes. Si je m'étais renseigné, un peu. En plus, je savais très bien que cette vieille n'existait pas. J'en étais sûr ! Putain ! Quelle connasse ! Oh je m'en veux de dire ça mais c'est vrai, quoi. La connasse ! C'est pas possible !

Puis ça me prend : Lola. Il faut que j'aille voir Lola, qu'elle m'entende, que je m'excuse. Je suis sûr qu'elle m'écoutera, qu'elle comprendra. Dans la rue, je glisse et chute plusieurs fois. L'essence claque dans les jerricanes, me déséquilibre, mais je m'en fous, il faut que je descende chez Lola, sur le cul, si besoin. Pourquoi elle ? C'est con, cette idée, quelque part. Mais j'ai besoin de parler. Et elle est bien, cette fille. Elle a un truc sincère et authentique. Enfin, je crois. Quelques bagnoles klaxonnent et m'éblouissent. Qu'ils aillent tous se faire foutre. Je leur brandis mes litres de feu comme une menace.

Arrivé au 39 de la rue des Esseintes, je monte. Je sonne. Ça ouvre.

— César ? Tu fous quoi, ici ?

— Lola, il faut que je te parle !

— Chut, doucement. C'est pas une bonne idée.

— C'est un truc de dingue, tu sais, la grand-mère, elle est pas morte, elle existe pas.

— De quoi tu parles ?

— En fait, j'avais pas de voisine. Putain, et j'ai fait tout ça pour rien, tu vois ?

— Mais t'étais où ? tout le monde te cherche, je te dis.

— À la montagne, et après très loin, mais je vais tout te raconter, je veux m'excuser, tu vois, pour ce que j'ai dit, tout, enfin. Je peux entrer ?

— C'est pas le bon moment, je crois.

— Non, mais je te jure, j'ai vrillé avec cette histoire d'artificialité, ça me fume trop, en fait je crois que ça m'a fait flipper cette vieille qui…

— Il fout quoi ici, lui ? j'entends, du fond de la pièce.

— Écoute, je suis avec Yves et les autres, c'est pas le bon moment, elle me dit.

— T'es sérieux, toi fucking shrimp ?! il me fait en sortant sur le palier avec son verre de champagne.

— Hé salut, écoute, je veux juste parler un peu avec Lola.

— Et tu t'es pas demandé si elle en avait envie, elle ?

— Non, mais il est sérieux, lui, franchement ? j'entends, derrière la porte, et je reconnais la voix de l'influenceuse.

— Écoutez, je voudrais m'excuser, juste parler un peu.

— Tu peux crever, ouais ! Vas-y casse-toi, malade mental ! hurle l'autre, la gueule rougie par la colère.

— OK, c'est un malentendu, je dis, et je vois bien qu'ils ont remarqué mes jerricanes et ma dégaine de clochard.

— Lola, ce malade est venu nous foutre le feu ! gueule alors le blond.

— Non, non, rien à voir, calmez-vous.

— C'est un taré !

— Oh putain, j'appelle les flics, fait Lola.

— Non, non, Lola, non j'te jure, c'est un malentendu. Je reviens de Polynésie, en fait, et c'est ma voisine qui n'est pas morte dans l'incendie…

— Vas-y il est délirant, je le mets K-O ! décide le blond.

J'entends encore Ouais, défonce-le ! Prends mon verre de Charles Bertin ! Fucking shrimp ! Puis Yves m'envoie son pied dans le torse. Je tombe dans le couloir. L'influenceuse me fait une descente du coude qui m'explose le thorax et me donne envie de gerber. Puis elle s'empare d'une paire de chaussures et me frappe avec jusqu'à m'éteindre tout à fait la tronche.

21

Celui qui n'avait jamais vu de rivière,
à la première qu'il rencontra,
il pensa que ce fut l'océan.

Michel de Montaigne, *Essais*, I

Quand je retrouve mes esprits, deux policiers sont assis face à moi et me demandent de décliner mon identité.

César : trente et un ans, *chasseur d'authenticité assis sur son fusil.*

— Et vous pouvez nous dire ce que vous alliez faire chez votre amie avec des jerricanes d'essence et deux boîtes d'allumettes... ? À une centaine de mètres de votre ancien immeuble qui a brûlé dans un incendie volontaire ?

— Euh, ben... c'est un peu compliqué...

— Et va falloir nous expliquer pourquoi vous avez prétendu connaître et avoir fréquenté cette Mme Lory Wagner qui n'a pourtant jamais été votre voisine.

— Non, mais je ne la connais pas, en fait, cette...

— On a ici un document, signé par vous et émis par la famille Wagner, qui atteste de vos liens.

— Ouais, mais ça je l'ai fait pour me débarrasser d'eux, en fait...

— Je cite : « Nous allions nous promener régulièrement, je lui faisais ses courses et nous avons quelquefois mangé ensemble. C'était une femme tout à fait charmante dont la compagnie m'a souvent détendu après le travail. Notamment par sa gaieté et sa maîtrise du jeu Hâte-toi-lentement. » Fin de citation.

— Ouais... C'était pour les arranger, quoi.

— Donc, vous reconnaissez être complice de...

— Non ! Ah non. Je reconnais avoir signé ce document pour les arranger, pour qu'ils me lâchent.

— Donc pour vous arranger vous-même, plutôt.

— Ouais, c'est ça.

— Mais si vous ne la connaissiez pas, pourquoi avoir dit le contraire ?

— Eux étaient tellement convaincus que je la connaissais, ils en avaient besoin.

— Ah ça je confirme, ils avaient bien besoin de votre témoignage.

— Non, c'est pas ça que je veux dire, mais y avait une ambiance un peu lourde et en disant ça je pouvais les alléger un peu, quoi.

— Mhm.

— Et c'est votre collègue, aussi ! Il était là à pleurnicher au fond de la salle, ça m'a mis la pression.

— Vous portez des accusations sur un membre de la police ?

— Non, bien sûr que non. Je dis juste qu'il était là et qu'il n'a rien fait, non plus.

— Qu'est-ce qu'il aurait dû faire, d'après vous ?

— J'sais pas. Me dire qu'elle était pas morte, quoi.

— Il a essayé, il vous a convoqué et a voulu vous joindre une bonne dizaine de fois dans les semaines qui ont suivi.

— Je sais.

— Et pourquoi vous n'avez pas répondu ?

— J'osais pas. Je sais pas. Je peux avoir un verre d'eau ?

— Bon, nous reviendrons au cas Wagner plus tard. Vous avez fait quoi durant ces quatre derniers mois ?

— J'ai voyagé…

— Dans quel but ?

— J'sais pas trop.

— Fuir ?

— Non.

— Alors quoi ?

— Me rapprocher de la nature.

— Quelle nature ?

— La nature, quoi, j'sais pas, c'est compliqué.

— Que savez-vous ?

— Que sais-je ?

— Oui.

— J'sais pas.

— Bon, on reprend dans quinze minutes.

Je bois mon verre d'eau un peu tremblotant. Je crois que je suis vraiment mal barré. En même temps, je ressens cette chose assez drôle : plus on croit avancer sur le chemin de la vérité, plus on se fourvoie. Moi, avec ma grande idée, ma quête, mes bidons d'essence, et eux, avec leurs certitudes. C'est quand on croit être dans le vrai qu'on a le moins raison.

— On ne va pas vous mentir, vous êtes mal barré, ils reprennent.

— Sans déconner. J'm'en doutais pas.

— Bon ! Vous êtes prêt à nous dire ce que vous êtes allé faire dans la nature ?

— Oui.

— Votre entourage nous a confirmé que vous avez disparu des radars à la fin de l'été. Votre employeur notamment, qui n'a plus eu de nouvelles depuis le 25 septembre.

— Vous avez contacté tous ces gens ?

— On a fait notre travail, monsieur. Une personne, d'ailleurs, est restée injoignable, comme vous : votre père.

— Ah ça ! Moi non plus j'arrive pas à le joindre. C'est compliqué, vous savez.

— Plusieurs choses nous laissent penser que vous auriez pu le rejoindre durant ces quatre mois.

— N'importe quoi.

Là, c'est le grand chelem. Les mecs pensent que j'étais avec mon père. Qu'il est mon complice. Vraiment, à vouloir combler le vide, on finit par manquer d'air.

— Alors, vous étiez où ?

— Dans la montagne, vers Mont-la-Ville, puis en Polynésie, ensuite.

— Pourquoi ?

— Trouver une sorte de paradis, je sais que c'est con.

— Non, on espère tous aller au paradis.

— Bon, très bien, ben pour moi, ce paradis, c'est loin d'ici, des aliénations, des artifices.

— Vous pouvez le prouver ?

— De quoi, les artifices ? Ouais, ben...

— Non, votre voyage.

— J'ai un billet d'avion.

— Ça ne prouve pas que vous êtes monté dedans. Vous n'avez connu personne, là-bas, qui pourrait témoigner ?

— Si, regardez sur le Net, *Saving Our Planet*, ils s'appellent. J'étais avec eux la plupart du temps.

Pendant qu'ils font leurs recherches, je médite. Ce qui me pose surtout problème, ce sont les jerricanes d'essence. Le reste, bon, avec un peu de patience, ça devrait aller. Ils devraient finir par comprendre.

— Vous confirmez que vous étiez avec le groupe *Saving Our Planet* en Polynésie ?

— Oui, pendant plusieurs semaines. Il doit y avoir une photo de moi sur leur site ou une de leurs pages. Je suis sur une île, à côté d'une petite stèle creusée dans le sable, début janvier, il y a quelques jours.

— Très bien, on va chercher cette image.

— OK, ben super, là on avance.

— C'est un groupe classé terroriste par l'État français.

— Ah, mince.

— Comme vous dites.

Et ils repartent, sonnés. C'est un terro, tu crois, ce drôle de type ? j'entends dire entre les portes. On appelle la cellule spéciale ? Je termine mon verre d'eau mais ma gorge reste sèche. Ils reviennent tout de suite et me montrent l'écran d'un portable.

— C'est vous, là ?
— Oui.
— Vous êtes nu.
— Je confirme.
— Où est-ce ?
— Moho Tani, une île dans les Marquises.
— Et la tombe, là ? Qui est enterré ?
— Jacques Brel.
— Vraiment ?
— Non, je déconne.
— Vous devriez éviter. Répondez, qui est enterré ?
— Un mouton.
— Pour quelle raison ?
— On chassait les moutons pour une histoire de biodiversité. Mais j'ai rien à voir avec ce groupe. Et ils n'ont rien de terroristes.
— Sur leur page, ils revendiquent l'explosion d'un hangar sur l'aéroport de Hiva Oa.
— Peut-être, mais j'étais pas là et j'ai rien à voir avec tout ça.
— Admettons que vous ayez juste tué un mouton…
— Je l'ai pas tué, il est mort tout seul.
— Admettons qu'un mouton soit mort tout seul et que vous ayez voulu l'enterrer sur une île déserte.
— Mais j'étais déjà sur l'île quand il est mort, je l'avais trouvé…

— Peu importe. De toute façon, ces informations seront transmises à nos collègues français. Mais sur le sol suisse, que faisiez-vous avec de l'essence et des allumettes ?

— Rien de mal.

— Est-ce que vous aviez l'intention de commettre un attentat sur le sol national ?

— Non, bien sûr que non !

Il y aurait eu plusieurs incendies criminels dans la ville, ces derniers mois. Ils veulent tout me mettre sur le dos. On ne prend pas d'essence quand on n'a pas de voiture ! Quelle était votre idée, hein, quelle était votre idée ? ils me demandent sans cesse. J'essaie de noyer le poisson, de leur dire qu'un terroriste avec des allumettes c'est pas crédible, mais ne vois pas vraiment de porte de sortie.

— Vous étiez où les 28 octobre, 11 novembre et 14 décembre ?

— À l'alpage.

— Quelqu'un peut confirmer ?

— David, le paysan pour lequel...

— Nous l'avons contacté. Il confirme vous avoir prêté son alpage, mais pas votre présence à l'alpage sur ces dates précises.

— Quel gitan !

— Vous dites ?

— Mais putain, j'étais là-haut sans bagnole, sans rien, comment est-ce que je serais venu jusqu'ici ? À pied ?

— Ça ne sert à rien de vous énerver.

— Je vous dis que j'étais là-haut, tout seul, à des kilomètres de toute civilisation !

— Et pourquoi ne pas y être resté, alors ?

— J'ai failli y rester ! Crever de froid !

— Mais pourquoi avoir quitté l'alpage ?

— Le froid, j'vous dis !

— Vous n'aviez pas prévu que l'hiver allait arriver, au mois de décembre ?

Et là, ça me vient comme une évidence. J'entrevois la solution à tout ce bordel. Je tiens mon explication.

— Si, mais justement, j'avais plus d'essence pour faire fonctionner le groupe électrogène et me chauffer.

— Et donc vous êtes allé en Polynésie pour en chercher…

— Non, en Polynésie je suis parti pour changer d'air, et voir du soleil. Quand je suis revenu, hier, en revanche, j'ai pris de l'essence, avant de retourner à l'alpage.

— Donc, vous vouliez retourner là-haut, hier soir.

— Oui, et comme j'y allais en train depuis là, je faisais le plein d'essence, voyez. Pour me chauffer un peu. C'est tout.

— Bon. On va vérifier tout ça, de toute façon. Vous passez la nuit ici.

— Mais pourquoi ?

— Je vous rappelle qu'une plainte pour tentative d'assassinat a été déposée par les trois personnes chez lesquelles vous avez fait effraction plus tôt dans la soirée avec vos jerricanes d'essence.

— C'est n'importe quoi. J'allais à l'alpage. Je voulais juste parler avec Lola avant, c'est tout.

— Mais vous avez rempli vos jerricanes avant de marcher 500 mètres sous la neige, ça vous semble logique ?

— C'est pas interdit.

— Non, mais c'est un peu idiot et pas très crédible.

— C'est pas un crime, d'être idiot.

— Non, malheureusement.

Un autre flic arrive et pose sur la table quelques-unes de mes affaires déposées au vestiaire. Ils sortent le *Manifeste* d'Unabomber.

— Est-ce que ce livre vous appartient ?

— Oui.

— C'est donc un texte qui fait la promotion du terrorisme. On est d'accord ?

— Tout de suite les grandes phrases. Y en a d'autres, aussi.

— Quoi, par exemple ?

— Héraclite.

— Connais pas.

— Ça m'aurait étonné.

— Quel est le sujet ?

— Le changement, l'écoulement, la transformation. Tout l'inverse des grandes idées fixes, de vos hypothèses foireuses, là, des cases dans lesquelles vous essayez de me ranger.

— Ne soyez pas insolent, jeune homme. Vous risquez de passer devant le juge.

— Le feu jugera.

— Pardon ?
— Et il s'emparera de toutes choses.
— Vous pouvez répéter ?
— C'est une citation d'Héraclite. Le feu jugera et s'emparera de toutes choses.
— Quel feu ?
— Notre feu intérieur.
— Comprends pas. Je suis peut-être un type simple mais la poésie ça ne me parle pas.

Ensuite, on se comprend encore moins, je leur parle de mobilité, de rester en mouvement, et eux me parlent de mobile. Mon téléphone ? je demande. Mais non, votre mobile, ils disent. Vos motivations, quoi. Quel est votre mobile, tout ça. Je ne comprends rien de ce qu'ils veulent. C'est trop confus et je commence à être très fatigué.

Finalement, on en reste là. Ils me bouclent dans une petite pièce sombre pour la nuit et me conseillent de bien réfléchir. Alors je m'y mets tout de suite et me rends à l'évidence : Théia a tort. Les grandes idées n'éclairent pas, elles éblouissent. On les suit, se prend au sérieux, sculpte notre nuage, s'écoute penser, mais au bout de la ligne une seule chose subsiste : le mouvement. Tout bouge, tout se transforme, toujours, même la vérité. Rien n'est là où on pense le trouver.

22

Il ***faut*** *imaginer Sisyphe heureux.*

Albert Camus, *Le Mythe de Sisyphe*

Le lendemain, on vient me chercher. L'un des flics de la veille m'explique que j'apparais sur une story de Lola le soir du premier incendie, à la Jetée, avec les *hashtags #livingmybestlife, #lavielavraie, #dontstopwontstop.* Et on me voit dans une vidéo de surveillance de l'aéroport de Papeete début janvier, au moment de l'incendie du hangar sur Hiva. Ça suffit pour rendre mes explications crédibles. Ils concluent que la famille Wagner a monté son arnaque toute seule et que j'ai simplement été assez idiot pour fournir leur meilleur argument et rendre plausible ce décès imaginaire.

La plainte pour tentative d'assassinat, cependant, est maintenue. La police me relâche à une condition : je ne dois pas approcher à moins de cent mètres de Lola, Yves et l'influenceuse, éviter les quais d'Ouchy et Philip Morris. Ils appellent ça une mesure de mise à distance prévisionnelle. J'accepte, bien sûr. Et quand ils veulent me rendre mes affaires personnelles, je leur demande de tout jeter, sauf le bouquin d'Héraclite.

Je sors. Sur les marches de l'hôtel de police, dans un tourbillon de neige, je prends une grande inspiration. Ça y est, ma quête peut franchement continuer. Et, cette fois, j'ai une bonne raison pour quitter la ville.

Face à moi, la cathédrale fait parade de sa verticalité. Elle indique le ciel. Grande Idée, piège, mensonge, sûrement. Les fausses pistes sont nombreuses. Et, sur le trottoir, une manchette de presse titre *Virus, pandémie mondiale et quarantaine. Un nouveau monde pour demain ?* Peut-être. Mais pourquoi attendre demain ? Le monde est neuf chaque jour.

— Monsieur, vous ne pouvez pas rester là ! me fait un policier.
— Pardon ?
— Vous ne pouvez pas rester là.
— Pourquoi ?
— La mise à distance, enfin ! Il vous faut quitter le centre-ville.
— Ah oui, c'est vrai.
— Allez, vous ne pouvez pas rester figé là, c'est tout.

Il a raison : il faut que je reste en mouvement. Que je tienne ma promesse et que j'avance. Théia se trompe vraiment. Il faut se méfier de tout ce qui se cristallise, se crispe ou se fige. Je crois qu'il faut sauter dans le fleuve et se laisser porter.

Je pourrais arrêter un taxi et lui demander de rouler en direction du Jura. On monterait entre les gonfles et traverserait quelques villages réchauffés par de grands sapins décorés. Je sentirais Lausanne s'éloigner et ma poitrine s'ouvrir. Devant les fermes, les tas de fumier fumeraient pour faire fondre la neige. Et à l'intérieur, les vaches et les veaux piétineraient déjà d'impatience du printemps qui vient. Et j'irais chez David, ou chez le vieux, là, dans sa grande maison… Mais on ne se baigne jamais deux fois dans le même fleuve.

— Monsieur, il faut y aller, maintenant, reprend le policier.
— Oui, oui, pardon. Je suis dans mes pensées.
— Vous avez une idée d'où aller ?
— Surtout pas.
— Nous n'allez plus à l'alpage ?
— Je sais pas.
— Il faut vous décider, maintenant.
— Ça va, ça va, j'y vais.

Je m'avance à la façon du lynx. Aucune idée d'où je vais, si l'herbe est plus verte là-bas, ou les nuits plus sombres. Je m'enfonce dans une ruelle pleine de vent. Il y a des empreintes de pattes dans la neige, comme des fleurs. Je les suis. Dorénavant, je veux être l'un des derniers sauvages, n'avoir plus qu'une obsession : suivre une lumière naturelle.

Il faut que tu veuilles brûler
dans ta propre flamme :
comment voudrais-tu te renouveler
sans t'être d'abord réduit en cendres ?

Friedrich Nietzsche,
Ainsi parlait Zarathoustra

Merci à la Fondation Jan Michalski

Merci à la Fondation
Heinrich Maria & Jane Ledig-Rowohlt

Merci à Jean-David, Marie, Jon, Laure, Pierre, Pauline,
Catherine, Joël, Blaise et toute cette génération
qui inspire autant qu'elle désespère.

Pour en savoir plus
sur les Éditions Plon
(catalogue, auteurs, vidéos, actualités...),
vous pouvez consulter
www.plon.fr
www.lisez.com

lisez!

et nous suivre sur les réseaux sociaux

Editions Plon

@EditionsPlon

@editionsplon

MIXTE
Papier issu de
sources responsables
FSC® C003309
FSC www.fsc.org

L'éditeur de cet ouvrage s'engage dans une démarche
de certification FSC® qui contribue à la préservation
des forêts pour les générations futures.

Pour en savoir plus :
www.editis.com/engagement-rse/

Achevé d'imprimer en décembre 2021
par Normandie Roto Impression s.a.s.
61250 Lonrai
N° d'impression : 2106149
Imprimé en France